全民健身项目指导用书

跆拳道
Taiquandao

主编

吉林出版集团有限责任公司

图书在版编目(CIP)数据

跆拳道 / 张迪主编. —— 2版. —— 长春 : 吉林出版集团
有限责任公司, 2010.2
全民健身项目指导用书
ISBN 978-7-5463-2332-9

Ⅰ. ①跆… Ⅱ. ①张… Ⅲ. ①跆拳道－基本知识Ⅳ. ①G886.9

中国版本图书馆 CIP 数据核字(2010)第 028330 号

全民健身项目指导用书

跆拳道

作　　者　张　迪　主编
出 版 人　刘　野
责任编辑　王宏伟　王　宇
装帧设计　艾　冰
动作模特　张　迪
开本　650mm×960mm　1/16
印张　8
字数　30 千
版次　2010 年 2 月第 2 版
印次　2011 年 4 月第 3 次印刷
出版发行　吉林出版集团有限责任公司
地址　长春市人民大街 4646 号
邮编　130021
电话　0431-85610780
传真　0431-85618721
电子邮箱　dazh1707@yahoo.cn
印刷　北京华戈印务有限公司
书号　ISBN 978-7-5463-2332-9　　定价 22.00 元

XUYAN

由吉林体育学院编写组、吉林出版集团图书出版公司共同编著的《全民健身项目指导用书》，在我国第一个"全民健身日"——2009 年 8 月 8 日到来前夕得以出版，令人欣喜。宋继新教授代表编委会邀我为之作序，我非常高兴。

自 1995 年我国政府推出《全民健身计划纲要》以来，我国群众性体育活动蓬勃发展，取得了显著的成绩。2008 年，举世瞩目的北京奥运会的成功举办，极大地激发了亿万人民群众的体育热情，增强了全社会的体育意识，营造了浓厚的全民健身氛围。面对这样的可喜局面，群众体育科研、教学工作者应义不容辞地为社会实践服务，从不同角度思考，如何使普通百姓通过简而易行的身体锻炼方式、方法和手段达到良好的健身效果，达到拥有健康的目标，从而享受生活、享受快乐人生。该书系就是在这样的思想指导下诞生的。

该书系能够顺应国家体育的大政方针，掌握时代脉搏，对指导大众健身，使大众掌握健身方法和手段有很好的促进作用。吉林体育学院为指导广大群众科学健身做出了努力，为推进群众体育活动的科学化、生活化进程作出了贡献。

我衷心地祝贺本书系的出版，希望该书系能为社会各阶层人士开展健身活动提供指导和帮助，也期望该书系能获得广大健身爱好者的喜欢。

2009 年 6 月

前言 QIANYAN

当前，全国各地的群众体育活动开展得如火如荼，作为体育工作者，应该把高等院校的理论资源转化为实践的成果，为国家全民健身计划作出贡献。

本书从策划、编写到出版经过了近一年的时间，编写组成员以吉林体育学院的专家学者为主，同时吸纳了北京、上海、天津、大连、广州等其他高校的 60 名学者。本书图文并茂，实用性强，分为球类运动、体操健身运动、传统武术、冰雪运动、水上运动、体育舞蹈、休闲运动、格斗运动、民间体育活动和极限运动等 10 大类项目，计100 个分册，按照统一的体例，力争有所创新。各书的具体内容为该项目的起源与发展、运动保健、基本技术、运动技巧、比赛规则等，使读者在学习过程中，不仅能够学会运动健身的方法，同时还能够学到保健方面的基本知识。

经国务院批准，自 2009 年起，将每年的 8 月 8 日定为"全民健身日"。《全民健身项目指导用书》的出版，必将为开展全民健身活动起到积极的推动和指导作用。

由于作者较为分散，且多为利用业余时间编写，因此难免出现纰漏和不妥之处，敬请读者提出宝贵意见，以便我们在修订时改正。

最后，向给予《全民健身项目指导用书》以高度关注和大力支持的国家体育总局群体司司长盛志国先生致以诚挚的谢意。

2009 年 6 月

《全民健身项目指导用书》编委会

跆拳道

目录 CONTENTS

第一章　概述

　　跆拳道是一种手足并用的传统搏击格斗术，它以紧张激烈、惊险刺激的腿法对抗为主要形式，能够强健体魄，磨炼意志。同时，跆拳道运动要求习练者必须讲究文明礼仪和道德规范，所以又可以受到很好的道德礼仪教育。近年来，跆拳道运动越来越受到世界各国人民的喜爱，享有"世界第一搏击运动"的美誉。

第一节
起源与发展

　　跆拳道是源于朝鲜半岛的一个古老的传统运动项目，它是在引进吸收中国传统武术及日本空手道的基础上，创新发展起来的一门独特武术。20 世纪 50 年代中期，跆拳道在朝鲜半岛重新崛起，迅速风靡全球，成为一个新颖的竞技体育项目。

起源

　　跆拳道古称"跆跟"、"花郎道"，是一种起源于古代朝鲜的民间武艺。

　　1910 年，日本侵占朝鲜后建立了殖民政府，曾一度下令禁止所有的朝鲜文化活动，跆拳道自然也在禁限之内。这个时期，跆拳道技艺在朝鲜境内销声匿迹，流浪到日本和中国的跆拳道艺人，把跆拳道与日本的空手道和中国的武术融合到一起，使跆拳道得到了充实和发展。

　　第二次世界大战后，流落他国的许多朝鲜人相继回归故里，同时也将各国的武道技艺带回国内，并进一步将这些技艺和跆拳道技法融为一体，去粗取精，融合发展，逐渐形成了现代跆拳道运动的基础体系。

发展

　　跆拳道运动经过长期的发展，竞技水平得到了不断提高，逐步发展成为奥运会正式比赛项目。

传播

第二次世界大战结束后，跆拳道得以重新崛起，为使这一国技得以发扬光大，韩国于 1961 年 9 月成立了唐手道协会，后更名为跆拳道协会。跆，意为蹬踢，腾跃；拳，意为用拳击打，防御；道，意为练习的方法，也为一种精神。

1966 年，国际跆拳道联合会(ITF)成立。1973 年 5 月，世界跆拳道联合会(WTF)在韩国汉城(今首尔)成立。

第 1 届世界跆拳道锦标赛和第 1 届亚洲跆拳道锦标赛分别于 1973 年和 1974 年在韩国汉城(今首尔)举行。

1975 年，世界跆拳道联盟被正式接纳为国际体育联盟会员。1980 年，国际奥委会正式承认世界跆拳道联盟。

1986 年，跆拳道在第 10 届亚运会上被列为正式比赛项目。1994 年 9 月，经国际奥委会正式通过，跆拳道被列为 2000 年奥运会正式比赛项目，设男女各四个级别。

目前，跆拳道联盟已经成为完全独立的国际体育组织，跆拳道运动也已成为正规的比赛项目。在世界锦标赛、亚洲锦标赛和亚运会上共设有男女各八个级别。

 机构与赛事

⊛ **机构**

世界跆拳道联合会(WTF)简称世界跆联，现有 189 个协会会员，分属亚洲、欧洲、非洲和泛美地区 4 个地方跆拳道联合会。

中国跆拳道协会于 1995 年成立，于 1996 年加入世界跆拳道联合会。

⊛ **赛事**

(1)奥运会跆拳道比赛，每 4 年一届；

(2)跆拳道世界锦标赛，每 2 年一届；

(3)跆拳道世界杯赛，每 2 年一届。

发展趋势

国内趋势

中国的跆拳道运动起步较晚，但发展很快。1995 年 5 月，在北京体育大学举行了第 1 届跆拳道锦标赛，从此跆拳道运动在中国迅速发展起来。

如今的跆拳道运动已不只是一种具有高度攻击能力的运动，而且还是一种精巧的形体艺术和健身方法。它运用骨骼、肌肉、关节的活动来调整身体，是一种全身性运动。由于此项运动对身体素质有一定的要求，所以比较适合青壮年习练。

国外趋势

通过对跆拳道基本技术动作、套路的研习，可以大大提高身体的灵巧性、柔韧性，达到健身、怡情的目的。因此，跆拳道这门拳脚相交的格斗技艺，在世界范围内蓬勃发展起来。跆拳道运动凭借着自身完善的体制和超凡的魅力征服了世界；同时，跻身奥运，使竞技跆拳道有了更为广阔的发展前景，从而形成产业，促进其整体的综合发展。

第二节
场地、器材和装备

进行跆拳道运动的场地和装备应符合该项比赛的规则要求，以达到使用的效果。

 场地

 规格

比赛场是 12 米×12 米见方的场地。

比赛区是 8 米×8 米的正方形区域,上铺有一定弹性的垫子。比赛区在比赛场之内。

要求

(1)跆拳道比赛场地一定不能有任何的障碍物;

(2)根据实际情况,比赛场地可高出地面 50~60 厘米。

(3)为了安全,可装置平衡比赛台的支撑装置,要求支撑装置与地面呈30 度以内角;

(4)8 米×8 米见方以外和 12 米×12 米见方以内的区域称警戒区;比赛区和警戒区用不同颜色区分,在同色的情况下用 5 厘米宽的白线区分;

(5)用来区别比赛区和警戒区的线称为警戒线,最外面白线(12 米×12米)称为限制线。

比赛保护装备

比赛保护装备包括头盔、护胸、护手臂、护裆(男用)、护脚、护阴(女用)和护甲等。

训练保护器材

训练保护器材包括护手指套、护腕、护齿、护面罩、护踝和护脚背等。

护甲的颜色为红色或蓝色。护甲要穿在道服外面,头盔的颜色要与护甲的颜色一致。其他保护装备还有穿在道服里面的,如护裆、护臂和护腿等。

款式

专用服装包括白色道服、白色道裤、道带和跆拳道鞋等。

在正规比赛时规定的道服也是白色的，也有其他颜色的道服，但都是不正规的。道服并没有级别，级别主要体现在腰带上。

系扎道服用的腰带颜色各异，以颜色可以区分运动员的段位级别。

一般分法为十级白、九级白黄、八级黄、七级黄绿（或橘黄）、六级绿、五级绿蓝（或蓝）、四级蓝（或紫）、三级蓝红（或褐）、二级红、一级红黑（也称太极带）、黑带（一段至九段及一品至三品）。

（1）白色腰带。最低级别，象征纯净，正统，代表入门级别；

（2）黄色腰带。大地的颜色，象征正处于打基础的阶段，要注意打下坚实的基础，技术才能提升；

（3）绿色腰带。树木的颜色，象征技术和突破岩石般茁壮成长，已经具备一定的水平；

（4）蓝色腰带。天空、大海的颜色，象征对技术的掌握已经达到很高的水平，预示进一步锤炼自己的技术及百折不屈的精神气质，同时注意戒骄；

（5）红色腰带。太阳的颜色，代表技术已经具备非常大的威力，但是还不能很好地收放自如，寓意为此时的技术及气质应具备威慑力、震撼力，同时注意自己忍耐，并且戒躁；

（6）黑色腰带。与白色相对，象征技术和心态的成熟，能够、冷静、果断地面对危险及困难，并且是一个新境界的开始。

同时，腰带中间还穿插有间色带，如白黄带、黄绿带、绿蓝带、蓝红带、红黑带，这些腰带寓意为习练者警惕自己正处于攀登的阶段，努力进步则成为更高级别，松懈则会退回原地。

黑带之前均为级别。十级最低，为白色腰带；一级最高，为红黑色腰带。扎上黑色带以后，级别分段位，一段最低，九段最高。

概
述

第二章　运动保健

　　体育运动对增强体质、预防疾病和促进健康具有良好的作用。但是，并非所有的人从事相同的运动都会达到同样的效果。因此，对不同个体，应制定适合其机能需要的不同的运动强度、时间、频率和持续周期。从事体育锻炼一定要讲究科学性，使机体最大限度地获得运动价值。

第一节
自我身体评价

　　自我身体评价是指，根据个体的不同情况，以及简单的功能评定标准，对锻炼者进行身体评价，并以此为依据，确定具体的锻炼内容。

　　体适能是全身适应性的一部分，是人体精神和体力对现代生活的适应能力。为了促进健康，预防疾病，提高生活质量和工作学习效率，几乎所有人都可以追求健康的体适能，而且经过简单的评价和测试，均可以成为目标人群，即适宜人群。

 健康体适能评价标准

　　健康体适能是指，身体有足够的活力和精力进行日常事务，而不会感到过度疲劳，并且还有足够的精力去享受休闲活动和应付突发事件的能力。

　　健康体适能是确定是否为运动适宜人群的主要依据。目前的评价标准主要包括国民体质测定标准、学生体质测定标准和普通人群体育锻炼标准等。

　　国民体质测定标准主要包括形态指标、机能指标和素质指标等三部分，各项指标的测定结果为1～5分，共5个级别，凡素质达不到4分或5分者，均应被纳入健身人群。

　　学生体质健康标准测定结果分为优秀、良好、及格和不及格等4个级别。优秀以下水平者，均应被纳入健身人群。

　　普通人群体育锻炼标准分为5个级别，凡素质达不到4分或5分者，均应被纳入健身人群。

简易运动功能评定

简易运动功能评定的目的在于确定运动对象有无运动禁忌症或临时运动禁忌的情况，即是否适合参加体育锻炼，以达到防备万一，避免意外事故发生的目的。目前通行的方式是 3 分钟踏台阶测试。

❋ 目的

测试锻炼者运动后心率恢复的情况，以评估其心肺功能。

❋ 器材 见图 2-1-1

30 厘米高的长凳、节拍器、秒表和时钟。

图 2-1-1

❋ 步骤 见表 2-1-1

（1）节拍器设定为每分钟 96 次，然后锻炼者依"上上下下"的节拍运动 3 分钟，每次踏上应达到直膝，而且先踏上的脚应先落下；

（2）完成 3 分钟踏台阶后，5 秒钟内开始测量脉搏，时间为 1 分钟，记录心率，并依据下表评价其功能水平；

（3）运动后心率越低，证明其心肺功能越好。在运动强度的允许范围内，锻炼者可选择运动强度的较高值来进行运动。

表 2-1-1　3 分钟台阶测试评价表

	年龄	欠佳	尚可	一般	良好	优异
男士	18~25	>115	105~114	98~104	89~97	<88
	26~35	>117	107~116	98~106	89~97	<88
	36~45	>119	112~118	103~111	95~102	<94
	46~55	>122	116~121	104~115	97~103	<96
	56~65	>119	112~118	102~111	98~101	<97
	65+	>120	114~119	103~113	96~102	<95
女士	18~25	>125	117~124	107~116	98~106	<97
	26~35	>128	119~127	111~118	98~110	<97
	36~45	>128	118~127	110~117	102~109	<101
	46~55	>127	121~126	114~120	103~113	<102
	56~65	>128	118~127	112~117	104~111	<103
	65+	>128	122~127	115~121	101~114	<100

注意事项

如受试者经过努力仍无法完成测试，或出现头晕、胸闷、出冷汗等症状，应终止测试。运动中应特别考虑运动强度，以防出现意外。

 锻炼目标 ◆◆◆◆◆◆◆◆◆◆

锻炼目标应根据个体不同的身体状况来确定，可分为近期目标和远期目标。此外，确定锻炼目标还应结合锻炼者的运动意向、愿望和兴趣以及本人的健康状况、疾病程度等因素。

近期目标

近期目标是指近期应达到的目标。在进行运动之前，应首先明确锻炼的目标，即近期目标。选择一两个健康体适能构成要素，作为未来两个月内努力完成的目标，而且应从成功概率较高的构成要素开始，并将预期两个月后要达到的目标做上记号，例如，提高某个或某些关节的活动幅度，增加某块或某肌肉群的力量等。

远期目标

远期目标是指最终要达到的目标。实践证明，经过科学合理的锻炼，一般的远期目标是可以达到的，如提高心肺功能，使其达到优秀的等级，或达到降血脂，防治高血压、冠心病的目的等。

 运动负荷 ◆◆◆◆◆◆◆◆◆◆

运动负荷即运动量，怎样控制运动量，合适的运动时间是多少等，一直是一个争论不休的问题，但有一点是可以肯定的，那就是任何有关进行身体活动的意见和建议，都需要综合考虑锻炼者的身体状况和所要达到的目标，并以此为依据来制订科学的身体锻炼计划。

运动强度

运动过程中，运动强度过小，达不到锻炼的效果；运动强度过大，不仅达不到最佳的锻炼效果，还可能产生一些副作用，甚至出现意外事故。确定运动强度有两种方法。

心率简易推测法

（1）年龄在 20 岁左右的年轻人，身体健康，坚持体育锻炼，欲进一步提高身体机能，可取最大心率值（最大心率值 =220 － 年龄）的 65%～85%。

（2）年龄在 45 岁以下，身体基本健康，有运动习惯者，开始进行健身锻炼，可取最大心率值的 65%～80%；没有运动习惯者，开始进行健身锻炼，可取最大心率值的 60%～75%。

（3）年龄在 45 岁以上，身体基本健康，有运动习惯者，开始进行健身锻炼，可取最大心率值的 60%～75%；没有运动习惯者，建议根据自身情况咨询专业人员来指导和确定运动强度。

主观感觉疲劳分级表推测法 见表 2-1-2

运动的疲劳程度大致分为 10 级，具体为：0～1 级，轻松；2～3 级，尚轻松；4～5 级，稍累；6～7 级，累；8～9 级，很累；10 级，精疲力竭。因此，健身锻炼的运动强度应控制在主观感觉疲劳程度 4～7 级之间。

表 2-1-2　　主观感觉疲劳分级表

0 轻松	·	2 尚轻松	·	4 稍累	·	6 累	·	8 很累	·	10 精疲力竭

运动频率

运动频率是指每日及每周锻炼的次数。一般每周锻炼 3~4 次，即隔日锻炼 1 次即可。有充足的休息时间，可使机体得到充分的休息，收到更好的锻炼效果。

 运动持续时间

运动强度和运动持续时间决定一次锻炼的运动量和热量消耗。运动持续时间与运动强度成反比，运动强度大，运动持续时间可相应缩短；运动强度小，则运动持续时间应相应延长。

一般的健身锻炼，运动持续时间以每天 20~60 分钟为宜，其中包括准备活动时间、健身锻炼时间和整理活动时间等。每次健身锻炼应在 20 分钟以上，锻炼可一次性完成，也可分段进行，但每段活动的时间应在 10 分钟以上。

第二节
运动价值

运动价值一直是人们探讨的问题，一般认为运动具有两方面的价值，即健身价值和心理价值。身体和精神的健康是相互依存的，伴随着身体功能的改善，精神状况也能同时得到改善。

 健身价值

体适能包括心肺耐力素质、肌肉力量素质、柔韧性素质和身体成分等。体适能的发展是积极参与锻炼的结果，只有规律性的体育锻炼才能达到最佳的体适能，健身的价值在于提高体适能。

提高心肺耐力素质

心肺耐力是指全身肌肉进行长时间运动的持久能力，是体内心肺系统供氧给身体各细胞及其利用氧的能力。人体的心脏、肺、血管、血液等组织的功能是心肺耐力的基础，它们与氧气和营养物质的输送以及代谢物的清除有关，健全的心肺功能是健康的基本保证。

通过系统的锻炼，可以使心肌增厚，收缩力加强，心室容积增大，从而使心脏的泵血功能加强，表现为心血输出量增加，使心脏的能力得到提高。

通过系统的锻炼，呼吸系统机能也将得到提高，表现为呼吸肌的力量增强，肺活量、肺通气量明显增加，使呼吸系统工作能力提高，以保证对机体供氧的能力。

通过系统的锻炼，可以促进血管系统的形态、机能和调节能力产生良好的适应力，从而提高机体工作能力。

通过系统的锻炼，可以使血液系统产生某些适应性变化，如血容量增加、血黏度下降、红细胞膜弹性增加和红细胞变形能力增加等。

提高肌肉力量素质

肌肉力量是指肌肉最大收缩产生的以对抗阻力或负荷的能力。肌肉力量只有达到一定的程度，才能克服外界阻力，而克服外界阻力是维持日常生活自理，从事各种劳动和运动的必要前提。

通过系统的锻炼，可以提高肌肉的生理横断面积，可以改善神经系统对肌肉收缩的支配功能，还可以提高肌肉内代谢物质的储备量，以有效地提高肌肉质量，使肌肉力量得到提高。

提高柔韧性素质

柔韧性是指人体各关节的活动幅度，即关节的肌肉、肌腱和韧带等软组织的伸展能力。柔韧性对于保证正常生活质量、维持正常步态、预防损伤发生和减轻损伤程度等方面均起到至关重要的作用。

通过系统的体育锻炼，还可以延缓因年龄因素而导致的柔韧性下降状况，预防因缺乏运动而导致的关节结构、周围软组织和膝关节肌肉退化，从而使锻炼者的日常生活、劳动和运动等更加充满活力。

身体成分是指人体体重中的脂肪组织和去脂组织的重量百分比。身体成分中的脂肪成分增加，肌肉成分必然下降。身体中不具备收缩功能的脂肪组织增加，必然导致进行各种活动的能力下降，基础代谢水平降低和肥胖症、冠心病、高血压病、糖尿病、高脂血症等慢性疾病的发病率的提高，因此，身体成分是保证人体健康的重要内容之一。

通过系统的体育锻炼，随着锻炼者体质的增强，热量消耗便随之增加，就会燃烧掉体内多余的脂肪，使身体成分得到改善，而身体成分的改善，又可以减少体重对关节可能带来的不利影响。肥胖者身体成分改善，还可以使其心理状况得到改善，增强其自尊心和自信心，建立健康的生活方式。

研究证明，有规律的体育锻炼不但可以增强体质、促进身体健康、预防一些慢性疾病，对人的心理健康也具有明显的积极影响，还可以提高锻炼者的生活满意度和生活质量。体育锻炼的心理健康效应主要表现在六个方面。

 改善情绪状态

短期效应

研究发现，体育锻炼对人的情绪状态具有显著的短期效应，运动后人们的焦虑、抑郁、紧张和心理紊乱等症状显著降低，而精力和愉快程度则有显著提高。而且这种情绪的迅速变化，与个体的健康状况、活动形式和活动强度等有着直接的联系。

长期效应

　　体育锻炼对人情绪的长期效应有着直接的影响，与不锻炼者相比，有规律的锻炼者在较长时期内很少产生焦虑、抑郁、紧张和心理紊乱等情绪。

▼ 完善个性行为特征　见表 2-2-1

　　人们的行为特征一般可以分为两种类型，用 A 型行为特征和 B 型行为特征来表示。A 型行为特征主要表现为性情急躁、争强好胜、容易激动、整天忙碌和做事效率高等。B 型行为特征主要表现为不好竞争、不易紧张、不赶时间、对人随和、喜欢自由自在等。具有 A 型行为特征的人由于过度紧张的情绪反应，会引起内分泌失调，增加心脏病发病的危险。目前的一些研究主要集中在体育锻炼对改变 A 型行为特征的作用，研究结果表明，有规律的体育锻炼能明显改变 A 型行为特征，使其发生显著的积极变化。

表 2-2-1　　A/B 个性行为特征表现

A 型行为特征者常见表现	B 型行为特征者常见表现
约会从来不迟到	对约会很随便
竞争意识很强	竞争意识不强
别人要讲话时总爱抢先或插话	是别人讲话时很好的听众
总是匆匆忙忙	即使有压力也从不匆忙
等待时很不耐心	能够耐心等待
干事时全力以赴	处事漫不经心
同时想干很多事	在一个时间里只干一件事情
讲话喜欢用加强语气，甚至敲桌子	讲话语速缓慢、不慌不忙
做了好事希望能得到别人承认	只要自己满意即可，不管别人怎样想
吃饭、走路都很快	没什么业余爱好
不善与人相处	为人随和
容易暴露自己的感情	能控制自己的感情
具有广泛的兴趣	满足于目前的工作和学习状况
胸怀雄心壮志	做事慢很慢

确立良好自我概念

自我概念是指个体对自己身体、思想和情感的主观整体评价，它由许多的自我认识所组成，包括我是什么人、我主张什么和我喜欢什么等。

坚持体育锻炼，可以使锻炼者体格强健、精力充沛、提高驾驭身体的能力，从而改善对自身的满意程度，确立良好的自我概念。

 改变睡眠模式

根据脑电图的变化，人的睡眠可以分为两种状态，即慢波睡眠状态和快波睡眠状态，前者为浅度睡眠状态，后者为深度睡眠状态。一夜之间两种睡眠状态交替发生 4～5 次。

有规律的体育锻炼不仅对慢波睡眠有促进作用，而且能缩短入眠的潜伏期和延长睡眠的时间。

 改善认知能力

体育锻炼能改善人的认知过程，避免反应时间过长、注意力不集中和思维混乱等症状的发生，尤其对老年人认知能力的改善效果更为明显。

 增加心理治疗效应

体育锻炼被公认为是一种心理治疗的方法。目前人群中常见的心理疾患是抑郁症和焦虑症。研究发现，体育锻炼是治疗抑郁症的有效手段，经过有规律的体育锻炼，抑郁症状能显著减轻。

体育锻炼还具有治疗焦虑症的作用，经过有规律的体育锻炼，可以使锻炼者的焦虑症状明显改善。

第三节

运动保护

在运动过程中，人体机能会随时发生变化，因此，应遵循这种机能变化的特点来进行体育锻炼，也就是我们所说的运动保护。运动保护一般包括运动前准备、运动后放松和自我养护三个方面。

运动前准备

准备活动是指在正式运动之前进行的有目的的身体练习。做好充分的准备活动，可以缩短进入最佳状态的时间，同时还可以预防运动损伤的发生，为机体发挥最大的工作效率做好功能上的准备。

准备活动作用

提高中枢神经系统兴奋状态

（1）使大脑反应速度加快，参加活动的运动中枢神经间相互协调；

（2）为正式运动时生理机能达到适宜程度提前做好准备。

提高机体代谢水平

（1）准备活动可以使锻炼者体温升高，降低肌肉黏滞性，使肌肉的伸展性、柔韧性和弹性增加，从而预防运动损伤的发生；

（2）准备活动可以增加体内代谢酶活性，使物质代谢水平提高，以保证运动时有较充分的能量供应。

克服内脏器官生理惰性

（1）准备活动可以提高心血管系统和呼吸系统的机能水平，使肺通气量及心血输出量增加；

（2）准备活动可以使心肌和骨骼肌的毛细血管扩张，使工作肌获得更多的氧，从而克服内脏器官的生理惰性，使之尽快达到最佳状态。

 增加皮肤毛细血管的血流量

准备活动可以使皮肤毛细血管的血流量增加，运动后毛细血管扩张，有利于散热，降低体温，防止开始正式活动时由于体温过高而影响运动能力。

运动保健

准备活动要求

 准备活动时间

（1）准备活动的时间可以根据运动项目具体情况确定，一般以 10～30 分钟为宜；

（2）准备活动与正式运动的间隔时间，一般以不超过 15 分钟为宜，可以在做完准备活动后立刻进行正式运动。

准备活动强度

（1）准备活动的强度和量应较正式运动小，以免引起不必要的疲劳；

（2）准备活动的量可以由心率来决定，心率以 100～120 次／分为宜。

准备活动内容

一般性准备活动

一般性准备活动的内容多以伸展运动开始，然后进行一般性的跑步、徒手体操等活动。

下面介绍一套常用的一般性准备活动操，供健身者运动前使用。这套活动操主要包括头部运动、肩部运动、扩胸运动、体侧运动、体

图 2-3-1

转运动、髋部运动和踢腿运动等。

头部运动

头部运动的动作方法（见图
2-3-1）

两手叉腰，两脚左右开立，做头部向前、向后、向左、向右以及绕环运动。

肩部运动

肩部运动的动作方法（见图
2-3-2）

手扶肩部，屈臂向前、向后绕环，以及直臂绕环。

扩胸运动

扩胸运动的动作方法（见图
2-3-3）

屈臂向后振动及直臂向后振动。

体侧运动

体侧运动的动作方法（见图
2-3-4）

两脚左右开立，一手叉腰，另一臂上举，并随上体向对侧振动。

体转运动

体转运动的动作方法（见图
2-3-5）

两脚左右开立，两臂体前屈，身体向左、向右有节奏地扭转。

图 2-3-2

髋部运动

髋部运动的动作方法（见图 2-3-6）

两脚左右开立，两手叉腰，髋关节放松，做向左、向右 360 度旋转。

踢腿运动

踢腿运动的动作方法（见图 2-3-7）

两臂上举后振，同时一腿向后半步，重心置于前腿，两臂下摆后振，同时向前上方踢腿。

图 2-3-3   图 2-3-4

图 2-3-5   图 2-3-6

图 2-3-7

专门性准备活动

专门性准备活动的动作方法、节奏和强度等与正式运动相似，目的是使人体主要肌群在运动前得到动员，为正式锻炼做好准备。

运动后放松是指运动之后所进行的一些能够加速机体功能恢复的、较轻松的身体活动。与运动前准备活动相反，其目的是使生理机能水平逐步得到恢复。

放松方法

运动性手段

（1）运动结束后可采用变换运动部位的方法来消除疲劳，如上肢出现疲劳后，可做一些慢跑运动，下肢出现疲劳后，可做一些上肢运动；

（2）转换运动类型也是一种放松方法，如打羽毛球出现疲劳后可从事瑜伽运动，来达到放松的目的；

（3）还可以用调整运动强度的方法来缓解疲劳，如可以在放松的过程中，采用小强度的轻微运动方法等。

整理活动　见图2-3-8

（1）整理活动是指运动后所做的一些能够加速机体功能恢复的身体活动，如剧烈运动后进行3～5分钟慢跑或其他整理活动，使身体得以恢复；

（2）剧烈运动后如不做整理活动而骤然停止，会影响氧气的补充和静脉血的回流，使血压降低，引起不良反应。

图 2-3-8

注意事项

　　(1)进行放松运动时动作应缓慢、放松，量不要过大，否则整理活动会引起新的疲劳；

　　(2)在进行整理活动时，应当保持心情舒畅、精神愉快。

自我养护

　　锻炼后感觉身体疲劳是一种正常的生理现象，是体育锻炼过程中的正常反应，随着体育锻炼时间的延长，疲劳症状会自然消失。运动性疲劳出现后，如果采用一些自我养护措施，可以加速身体机能的恢复，尽快消除疲劳，提高锻炼效果。常见的自我养护方法一般包括三种。

运动后休息

静止性休息 见图2-3-9

（1）静止性休息是指锻炼者运动后保持机体相对的静止状态，以促进身体机能的恢复，尽快消除疲劳；

（2）静止性休息的最佳方式是睡眠，特别是在刚开始运动，身体不适应或疲劳症状明显时，更应该保证足够的睡眠，否则，虽然积极参加了体育锻炼，但收效甚微，甚至会导致过度疲劳症状的发生；

（3）静止性休息更适合于消除全身运动导致的整体疲劳症状。

图 2-3-9

积极性休息 见图2-3-10

（1）积极性休息更适合于由于少量肌肉群参与工作而导致的局部疲劳，或运动强度较大而导致的快速疲劳；

（2）积极性休息可以加速血液循环，有利于代谢物排出体外，对促进身体机能的恢复具有明显的效果。

合理营养 见图2-3-11

采取小强度、长时间运动的形式，主要是靠糖原的有氧代谢提供

图 2-3-10

能量，运动后应及时补充淀粉类食物，如面粉、大米等，以促进消耗糖原的合成。随着人民生活水平的提高，在人们的饮食结构中，肉类食品的比重不断增加，而淀粉类食品的比重逐渐减少，这一现象应当引起人们的注意，特别是老年人参加体育锻炼，更应注意淀粉类食物的补充。

图 2-3-11

采取强度较大，时间又相对较长的运动形式，主要是靠糖原的无氧代谢提供能量，糖原无氧代谢产物 — 乳酸便会在体内大量堆积，因此，运动后应多补充蔬菜、水果等碱性食品，以加速乳酸的清除，达到尽快消除疲劳的目的。

 物理手段

按摩及牵拉 见图 2-3-12

（1）通过刺激神经末梢、皮肤结缔组织和毛细血管的按摩方法，可以使紧张的肌肉得以放松，从而改善局部组织和全身的血液循环，达到促进身体恢复的目的，这种方法可以在锻炼后马上进行；

（2）此外，还可以采取缓慢牵拉肌肉的方法，使收缩的肌肉得到充分的伸展放松。

图 2-3-12

✿ 水疗及电疗

（1）水疗包括芬兰式蒸汽浴、热水浴和桑拿浴等多种形式，主要作用是通过提高体温，促进血液循环，消除代谢物，以达到尽快消除疲劳、恢复体力的目的；

（2）水疗的时间一般以不超过 30 分钟为宜，如果时间过长，会进一步消耗体力，严重时甚至会出现暂时性脑缺血现象；

（3）如果条件允许，还可对疲劳的肌肉进行低频治疗。低频治疗仪的原理是模拟针灸疗法。使用时将电极用不干胶对称地粘贴在运动部位表皮上。这种疗法可以促进局部血液循环，改善组织代谢，缓解肌肉酸痛和消除疲劳等。

第三章　基本技术

　　跆拳道以其变幻莫测、优美潇洒的腿法著称于世，被世人称为踢的艺术，这是跆拳道区别于其他格斗术的一个重要特点。跆拳道的腿法讲究变化性和灵活性，对人体的柔韧性、大脑反应的灵敏性、身体运动的稳定性也都有很高的要求。跆拳道是对人体机能和体能的综合考验。

基本功

　　基本功主要分步形、手法、肘法和膝法等，虽然这些技术在跆拳道的实战应用中很少涉及，但学好这些基本功却是修炼太极品势的必要条件。

步形与手法

　　步形主要有并步、平行步、行步、马步、弓步、三七步、虚步、交叉步和独立步等。手法主要有冲拳、劈拳和抄弹拳等。掌法主要有砍掌、插掌和抵掌招击等。

步形

并步（立正）

动作方法 见图 3-1-1

　　（1）双脚内侧完全并拢，身体直立，双眼平视前方；

　　（2）双手握拳，双肩放松，下巴内收，脚尖向前。

技术要点

　　上身、腰与膝都要挺直，注意收腹。

错误纠正

　　腰与腿不直。因此，应注意收腹，腰与腿挺直。

图 3-1-1

平行步（开立步）

🌼 **动作方法** 见图 3-1-2

　　双脚平行开立，距离与肩同宽，两脚尖向外，左右脚距离为一脚掌宽度。

🌼 **技术要点**

　　双脚开立不要过宽，两脚尖略外展，幅度不易过大。

🌼 **错误纠正**

　　下肢分开过宽。因此，做动作时应注意幅度的掌握。

图 3-1-2

行步（探步）

🌼 **动作方法** 见图 3-1-3

　　行步也称高前屈立。前脚脚尖指向正前方，后脚向外约 20 度（15～30 度间），左右脚宽度为一立掌，双腿自然伸直。

🌼 **技术要点**

　　两脚前后距离约一步，姿态和平时走路相似。

🌼 **错误纠正**

　　动作不自然。因此，应注意调整动作姿势。

图 3-1-3

马步

动作方法 见图 3-1-4

（1）左右脚平行相对，两脚左右开立；

（2）上体正直，下蹲以双膝尖与双脚尖对准平齐为标准。

技术要点

两脚开立应大于肩，重心要在两脚之间，挺胸立腰。

错误纠正

上身弯曲，重心不稳。因此，应注意保持重心稳定，挺胸直腰。

图 3-1-4

弓步

动作方法 见图 3-1-5

（1）两脚前后开立，前脚脚尖指向正前方，后脚向外约 20 度（15～30 度）；

（2）前后脚宽度为三脚掌距离，左右脚宽度为一拳距离；

（3）前腿曲度为膝尖与脚尖平齐，后腿自然伸直。

技术要点

前腿膝关节和脚面垂直，重心应偏于前脚。

图 3-1-5

❋ 错误纠正

后脚与前脚在一直线上。因此，应调整站姿，保持两脚的角度。

三七步（丁步）

❋ 动作方法 见图 3-1-6

（1）双脚方向为 90 度，前后脚之间距离为一脚掌半的宽度；

（2）后腿（重心脚）下蹲与马步相同，前腿角度以膝盖与足跟垂直为准。

❋ 技术要点

注意要把重心放在后腿，前腿膝盖注意保持略屈。

❋ 错误纠正

身体下蹲不够。因此，应调整后腿的弯曲程度，达到动作要求。

虚步

❋ 动作方法 见图 3-1-7

（1）两脚前后开立，两膝略屈，前脚脚尖虚点地面，身体重心置于后腿；

（2）左脚在前称为左虚步，右脚在前称为右虚步。

❋ 技术要点

身体重心放于后腿。

图 3-1-6

图 3-1-7

基本功

✿ **错误纠正**

身体重心不稳。因此，应注意前脚尖虚点地，后脚站稳。

交叉步

✿ **动作方法** 见图 3-1-8

（1）双腿交叉后，一脚全着地，另一脚前脚掌着地，双脚方向约为90度；

（2）双腿下蹲，双膝间宽度为一拳距离。

✿ **技术要点**

两膝略屈，身体重心放在中间。

✿ **错误纠正**

双脚全着地，方向相同。因此，应注意调整双脚方向，后脚脚掌着地。

图 3-1-8

独立步

✿ **动作方法** 见图 3-1-9

（1）支撑腿略屈，脚尖外展约90度；

（2）另一腿提起，脚自然勾直贴于支撑腿膝关节位。

✿ **技术要点**

注意把握好重心。

图 3-1-9

站立不稳。因此，应注意调整重心位置。

手法

冲拳

见图 3-1-10

（1）品势预备姿势站立，两脚左右开立呈马步；

（2）双拳抱于腰间，拳心向上，随即右手以拳面为力点向前冲出，冲拳的高度约与肩平，左手握拳置于腰间；

（3）冲拳左右动作相同，方向相反。

力达拳面，出拳要平。

过于向外送肩，造成重心不稳。因此，冲拳应保持肩平，上体正直，不要过于前送，肩部放松。

基本功

图 3-1-10

劈拳 (锤拳)

动作方法 见图 3-1-11

（1）品势预备姿势站立；

（2）左手握拳由腹前经右上方向左下抡臂劈击，右手握拳置于腰间；

（3）劈拳左右动作方法相同，方向相反。

技术要点

力达劈拳部位。

错误纠正

动作不流畅，僵硬，幅度过大。因此，应慢动作反复练习。

图 3-1-11

抄拳

动作方法 见图 3-1-12

（1）品势预备姿势站立，左脚向前呈三七步；

（2）左手前伸抓住对方的衣襟，右手握拳收于腰间，步形不变，重心前移，身体左转，呈左弓步；

（3）左手回拉，右拳从腰间由下向上抄起，用拳面击打对方的下颌部位；

（4）抄拳动作左右相同，方向相反。

技术要点

力达拳面。

错误纠正

动作僵硬或幅度过小、过大。因此，应注意身体尤其是肩部的放松，由慢到快反复练习。

图 3-1-12

弹拳

🏶 **动作方法** 见图 3-1-13

（1）品势预备姿势站立，右脚向前上步，左脚经右腿后侧上步，脚尖着地呈交叉步站立；

（2）右拳内旋由内向外，向下弹击，左拳置于腰间；

（3）弹拳左右动作方法相同，但方向相反。

🏶 **技术要点**

力达拳背。

🏶 **错误纠正**

动作过于僵硬，动作幅度过小或过大。因此，身体应放松，动作由慢到快反复练习。

图 3-1-13

 掌法

砍掌

 动作方法 见图 3-1-14

（1）品势预备姿势站立，左脚向前呈左弓步，右手由拳变掌上举至右前方与头同高位置；

（2）随即右臂前伸由外向内以右手刀向左前方平砍，掌心向上；

（3）砍掌左右动作相同，方向相反。

技术要点

力达手刀部位。

错误纠正

动作过于僵硬，动作幅度过小或过大。因此，应身体放松，动作由慢到快反复练习。

图 3-1-14

插掌

动作方法 见图 3-1-15

（1）品势预备姿势站立，左脚向前呈左弓步；

（2）右拳由腰间变掌向前伸臂插出，左手握于腰间；

（3）插掌左右动作方法相同，方向相反，双手同时插出称为双插掌。

技术要点

力达指尖部位。

错误纠正

动作过于僵硬、不连贯。因此，应身体放松，动作由慢到快反复练习。

图 3-1-15

抵掌掐击

动作方法 见图 3-1-16

（1）品势预备姿势站立，左脚向前呈左弓步；

（2）右拳由腰间变抵掌向前伸臂掐击，左手握拳至于腰间；

（3）抵掌掐击左右动作方法相同，方向相反。

技术要点

力达指尖部位，动作连贯。

错误纠正

动作过于僵硬，动作幅度过小或过大，掐击动作不明显。因此，应体会抵掌的动作，反复体会手部的掐击动作。

图 3-1-16

肘法与膝法

肘法主要包括顶肘、挑肘、摆肘和砸肘，膝法主要包括顶膝与撞膝。

肘法

顶肘

动作方法 见图 3-1-17

（1）品势预备姿势站立，左脚向前上步呈左弓步；

（2）同时左右臂屈肘上提至胸前，右拳变掌抵住左拳拳面，以左肩关节为轴，向前顶击，力达肘尖部位；

（3）顶肘左右动作相同，方向相反。

技术要点

力达肘尖，动作连贯。

 错误纠正

力度不够，力点不准。因此，应注意动作方向和幅度，在镜子前反复练习。

图 3-1-17

挑肘

 动作方法 见图 3-1-18

（1）品势预备姿势站立，左脚向前上步呈左弓步；

（2）右手自腰间上举，肘关节夹紧，肘尖由下向上挑起；

（3）挑肘的左右动作相同，方向相反。

 技术要点

挑肘时要拧腰顺肩以增加挑肘的力量。

 错误纠正

力度不够，力点不准。因此，应注意动作方向和幅度，可在镜子前反复练习。

图 3-1-18

摆肘

 动作方法 见图 3-1-19

（1）品势预备姿势站立，左脚向前上步呈左弓步；

（2）右手以肩关节为轴，将肘关节夹紧抬平，由外向内或由内向外用力摆击，左手变掌压住右臂配合摆动；

（3）摆肘的左右动作相同，方向相反，由外向内摆击时称为内摆肘，由内向外摆击时称为外摆肘。

技术要点

摆肘时要拧腰顺肩，以增加摆肘的力量。

力度不够，力点不准。因此，应注意动作方向和幅度，提高肘关节的灵活性，可在镜子前反复练习。

图 3-1-19

砸肘

动作方法 见图 3-1-20

（1）品势预备姿势站立，左脚向前呈前行步；

（2）右手以肩关节为轴，将肘关节夹紧上举，贴近右耳时，迅速向下砸击；

（3）砸肘的左右动作相同，方向相反。

✿ 技术要点

砸肘时要拧腰顺肩，以增加砸肘的力量。

✿ 错误纠正

力度不够，力点不准。因此，应注意动作的方向和幅度，提高肘关节的灵活性，可在镜子前反复练习。

图 3-1-20

 膝法

顶膝

✿ 动作方法 见图 3-1-21

（1）品势预备姿势站立；

（2）两手自腰间向前举，右膝迅速向前顶击；

（3）顶膝动作左右相同，方向相反。

力达膝关节，动作连贯。

动作幅度过大或身体重心不稳。因此，应提高腿部柔韧性，在镜子前反复练习。

图 3-1-21

撞膝

动作方法 见图 3-1-22

（1）品势预备姿势站立，身体向左侧转体，右腿屈膝上提，右膝由右至左横向撞击；

（2）撞膝左右动作相同，方向相反。

基本功

✿ **技术要点**

力达膝关节，横向撞击，动作连贯。

✿ **错误纠正**

动作幅度过大或身体重心不稳。因此，应反复体会转体、提膝和撞击动作，或对照镜子由慢到快反复练习。

图 3-1-22

第二节
实战姿势与步法

实战姿势也叫准备姿势，是指跆拳道比赛中，运动员运用技法进行进攻或防守时的预备动作。

实战姿势

跆拳道的实战姿势可以分为三种类型：标准实战姿势、侧向实战姿势和低位实战姿势。运动员在比赛时，可以根据对方的情况来调节相应的实战姿势。练习时，左腿在前称左实战姿势，右腿在前称右实战姿势。

标准实战姿势

动作方法 见图 3-2-1

（1）两腿前后开立，两脚间的距离是肩膀的 1.5 倍，脚尖斜向前方 45 度，后脚用前脚掌支撑，脚后跟抬起；

（2）两膝略屈，身体重心落于两脚之间，身体放松；

（3）右手握拳置于胸前，高度应距离下颏一拳左右，左手握拳高度约与肩膀平行，左手肘关节角度应大于或等于 90 度，上体保持直立。

技术要点

实战姿势时身体要放松，两膝略屈。做标准实战姿势时两腿不要站在一条直线上，应站在直线的两侧，以便保持身体平衡，使身体时刻处于待发状态。

错误纠正

全身紧张，肌肉僵硬；膝关节未弯曲，没有弹性，身体重心偏前或偏后。因此，应在同伴的帮助下或面向镜子自我纠正，注意两肩的放松，也可利用跳绳来练习肌肉的协调性。

图 3-2-1

侧向实战姿势

 动作方法 见图 3-2-2

身体完全侧向，两脚在一条直线上，其他同标准实战姿势。侧向实战姿势适用于侧踢、后踢等腿法。

技术要点

身体要放松，两膝略屈，两腿站在一条直线上。

错误纠正

脚跟没有离开地面，膝关节没有带一定的弯曲度，以至于全身僵硬，肌肉紧张。

图 3-2-2

低位实战姿势

动作方法 见图 3-2-3

上体略向前倾站立，两腿屈膝角度加大，身体重心降低，两脚间隔为肩宽的 1.5～2 倍，其他同标准实战姿势。低位实战姿势适用于反抡踢等腿法。

技术要点

身体要放松，两膝略屈，两腿站在一条直线上。

错误纠正

脚跟没有离开地面，膝关节没有带一定的弯曲度，以至全身僵硬，肌肉紧张。因此，应注意上位略前倾，身体重心降低。

图 3-2-3

在跆拳道实战中，按双方运动员相对站立的姿势，可以分为开式站立和闭式站立两种。

开式站立

动作方法 见图 3-2-4

己方左侧实战姿势站立，对方右侧实战姿势站立，或己方右侧实战姿势站立，对方左侧实战姿势站立。

技术要点

身体放松，两膝略屈，两腿分别在两条直线上。

错误纠正

身体紧张，重心偏前。因此，应注意放松身体，调整重心位置。

基本技术

闭式站立 见图 3-2-5

　　己方左侧实战姿势站立，对方同样左侧实战姿势站立，或己方右实战姿势站立，对方右实战姿势站立。

技术要点

　　同开式站立。

错误纠正

　　同开式站立。

图 3-2-5

实战步法

　　练习跆拳道必须从基本步法开始，由简到繁，从易到难，逐步掌握基本步法，然后再与攻防技术有机结合，达到进退有度、攻守自如的程度。随着技术、意识和心理素质的不断发展，基本步法会越来越显示出重要性。

　　步法是跆拳道实战中实现攻防转换的关键技术。步法移动应依据对方技战术不同及敌我双方身体条件差异而灵活选择，不可千篇一律。一般小范围的移动采用前进步、后退步、侧移步等，中距离的移动采用上步、跳步、跳换步等。在实战中，有时可用小碎步来调整自己。无论运用哪种步法，都应该力求做到迅速、准确、适度，以提高攻击效果。步法可以概括为以下四点作用：

　　第一，连接进攻与反击技术，在实战中无论是进攻、防守还是防守反击，绝大多数是在身体运动的情况下完成的，因此，需要快速、灵活、多变的步法连接技术；

　　第二，抢占有利的实战位置，实战中通过灵活多变的步法移动，占据场上的有利的实战位置，为进攻与反击做好准备；

　　第三，保持身体重心，维持身体平衡，攻防转换是在运动的状态下完成的，较好地掌握步法技术才能较好地维持身体平衡，才能在相对动态的平衡下实现有力的进攻与反击；

第四，破坏对方的距离感，遏制对方进攻技术的发挥。灵活多变的步法可以有效地破坏对方进攻与防守的距离感，给对方带来心理压力。

 前进步法

前滑步

动作方法 见图 3-2-6

（1）实战姿势站立；

（2）右脚向前滑进一步，左脚随即跟进，两脚仍保持原来的姿势与距离。

技术要点

开始前进时，略提左脚跟，右脚同时向后蹬地，上身保持原来的姿势，身体重心始终落在两脚之间。

错误纠正

两脚前进过程中距离过大。因此，移动时应注意检查步幅长度，进行有意识的练习。

基
本
技
术

图 3-2-6

上步

 动作方法 见图 3-2-7

实战姿势站立，右脚向前上一步，呈右侧基本姿势。

技术要点

上步通过拧腰转胯来完成，两臂在体侧自然摆动，上步距离不可过大，同时身体起伏不要过大。

错误纠正

上步时身体重心不稳。因此，应由慢到快反复练习。

图 3-2-7

前跃步

见图 3-2-8

（1）实战姿势站立；

（2）两脚同时蹬地向前纵出40～50厘米，动作完成后保持实战姿势站立。

技术要点

（1）要依靠两脚踝关节与膝关节弹跳纵出，双脚要紧贴地面，不要腾空过高；

（2）动作起动时，重心不宜过低，否则容易暴露动作意图。

错误纠正

跃步时起跳过高。因此，应利用踝关节及膝关节的力量起跳前移，前移时要向前用力而不是向上。

图 3-2-8

▼ 后退步法

后滑步

✿ **动作方法** 见图 3-2-9

（1）实战姿势站立；

（2）左脚蹬地，右脚向后退步，左脚随即跟进，上身保持原来的姿势。

✿ **技术要点**

左脚用力向前蹬地，右脚跟略抬起，右脚后滑的距离不可太大，要保持平稳。

✿ **错误纠正**

后退距离过大造成身体重心不稳。因此，初学时后退距离应是本人脚长的 1～1.5 倍，不宜过大。

图 3-2-9

后跃步

动作方法 见图 3-2-10

（1）实战姿势站立；

（2）两脚同时蹬地向后跃出 40～50 厘米，动作完成后呈实战姿势站立。

技术要点

（1）要依靠两脚踝关节与膝关节弹跳纵出，双脚要紧贴地面，不要腾空过高；

（2）动作起动时，重心不宜过低，否则容易暴露动作意图。

错误纠正

越步时起跳过高。因此，应利用踝关节及膝关节的力量起跳前移，前移时，要向后用力而不是向上。

图 3-2-10

后撤步

动作方法 见图 3-2-11

（1）实战姿势站立；

（2）左脚向后撤一步，呈右实战姿势，反之亦然。

技术要点

左脚向前蹬地，同时重心保持平稳，移动要通过转腰来完成，两臂在体侧自然移动。

错误纠正

撤步时身体重心不稳。因此，应由慢到快反复练习。

图 3-2-11

侧移步

左侧移步

 动作方法 见图 3-2-12

（1）实战姿势站立；

（2）右脚蹬地，左脚向左侧上步，右脚随之跟上，使身体重心向左移动离开原来的位置。

技术要点

左脚向左移动时，身体应快速向左偏，上体不要左右摆动，移动距离视具体情况而定。

图 3-2-12

侧移步时身体重心不稳或动作不连贯。因此，应由慢到快反复练习。

图 3-2-12

右侧移步

动作方法 见图 3-2-13

（1）实战姿势站立；

（2）左脚蹬地，右脚向右侧上步，左脚随之跟上，使身体重心向右移动离开原来的位置。

技术要点

同"左侧移步"。

错误纠正

同"左侧移步"。

图 3-2-13

跳换步

动作方法 见图 3-2-14

（1）实战姿势站立；

（2）左右脚同时离地，以腰部力量带动双脚位置互换，落地后仍呈实战姿势站立。

技术要点

身体不宜起伏过大，尽量平稳移动，两脚略离地，双手摆动幅度不要太大。

错误纠正

动作僵硬，弹跳过高。因此，应放松身体，以腰部力量带动两腿来完成换步。

图 3-2-14

垫步

前垫步

动作方法 见图 3-2-15

（1）实战姿势站立，重心前移；

（2）右脚蹬地向左脚内侧并拢，同时左脚蹬地向前迈步。

技术要点

右脚向前上步要迅速，未等右脚落地左脚就向前移动，移动的距离不宜过大，整个动作协调、连贯。

错误纠正

动作僵硬，幅度过大。因此应全身放松，脚下要有弹性，增加跟腱力量。

图 3-2-15

后垫步

见图 3-2-16

动作方法

（1）实战姿势站立；

（2）左脚向右脚方向并拢，同时右脚蹬离地面向后移动，两脚落地呈实战姿势。

技术要点

左脚撤步要迅速，整个动作要协调、连贯。

错误纠正

动作僵硬，幅度过大。因此，应全身放松，脚下要有弹性，增加跟腱力量。

图 3-2-16

基本技术

第三节

进攻技术

　　跆拳道实战中脚踢进攻时，一般使用的部位包括脚前掌、脚趾、脚背、足弓、脚后跟和脚后掌(脚跟底部)。利用这些部位可以进行站立踢、跳动踢、助跑踢、转身踢和飞踢等不同形式的进攻，而且每种踢法踢击的部位各有不同。实战过程中，运用脚踢时要根据具体情况的不同(如对方所处位置、暴露的部位、防守的姿势以及双方的距离)选择不同的踢法。脚踢时要利用步法保持身体的平衡，并有效接近对方做出踢击动作。踢击完成马上回到准备姿势，准备下一次的进攻和防守。腿的回位动作要快，以免被对方抓住或抱住。脚踢的练习主要是靠平时用各种腿法踢击悬挂的沙袋，经过反复练习提高踢的力量、速度和高度。

基本腿法

　　基本腿法包括弹踢、抡踢、侧踢、下劈、勾踢、推踢、后踢、反抡踢和双飞踢等。其中弹踢是最基本的腿法，其提膝的动作是学好腿法的基础；抡踢是跆拳道技术中最实用的技术，也是比赛中最容易得分的技术；侧踢属于推击，适合牵制对方；下劈在近距离实战中比较难以防守；后踢、反抡踢和旋风踢难度较大，但掌握后在实战中使用往往可以取得出奇制胜的效果。

弹踢

动作方法 见图 3-3-1

　　(1)实战姿势站立，右脚蹬地，身体重心移至左脚，右脚向正前方屈膝上提，右小腿夹紧；

（2）以髋关节为轴向前送髋、顶膝，小腿快速向上弹踢出，力达脚背或前脚掌；

（3）动作完成后，呈右实战姿势站立。

✿ 技术要点

提膝时小腿夹紧，踢腿动作应迅速有力，髋关节前送。

✿ 错误纠正

上体后仰过大；动作过于僵硬形成直腿撩踢。因此，初学者应扶着支撑物，反复体会提膝与踢腿两个动作的要点，待动作正确和熟练后再进行完整练习，或面对镜子或在同伴的帮助下纠正错误。

✿ 伤害预防

膝关节尤其是半月板很容易受到损伤。弹踢时要有一个制动的过程，就是快踢快收的折叠过程。

图 3-3-1

抡踢

动作方法　见图 3-3-2

（1）实战姿势站立，右脚蹬地，大小腿折叠向前提膝；

（2）左脚以脚掌为轴转动 180 度；

（3）膝关节抬至水平时小腿迅速横向踢出；

（4）击打目标后放松，屈膝收回小腿，重心前移，右脚自然落下，后撤右脚还原呈实战姿势。

技术要点

（1）向前提膝时要走直线，膝关节夹紧，脚面绷直，支撑脚转动要快，外旋角度要大，髋关节充分打开；

（2）躯干避免过度倾斜，严格注意击打的力点在正脚面，同时踝关节要放松。

❈ **错误纠正**

　　提膝时膝关节夹不紧，击打时脚面没有绷直；小腿在弹出的一刹那，没有制动的过程；先转髋再提膝，造成膝盖过早偏向外侧；支撑腿转动的角度太小，造成发力不充分。因此，应原地练习提膝，原地练习提膝与转动支撑脚，原地练习小腿鞭打，然后将所有分解动作串联起来进行完整练习。

❈ **伤害预防**

　　练习时需要加强髋关节的柔韧性，在踢出时也要注意制动。

图 3-3-2

侧踢

动作方法 见图 3-3-3

（1）实战姿势站立，身体重心前移，右脚蹬地屈膝上提，左脚以前脚掌为轴外旋约180度；

（2）迅速伸膝发力，右脚沿直线向右前方踢出，力达脚外侧或整个脚掌；

（3）踢击动作完成后，右腿迅速放松，按出腿路线返回，呈实战姿势站立。

技术要点

（1）提膝时，膝关节夹紧向前直线提起，提膝，转体踢击要协调、连贯；

（2）踢击时要转体、展髋，上体略前倾，踢击目标的瞬间头、肩、腰、髋、膝、腿应在同一直线内。

错误纠正

踢击动作完成时，髋关节没有展开，造成肩、髋、踝不在一个平面；提膝时大小腿收得不紧，上体侧倾过大，造成重心不稳；动作不连贯。因此，在掌握技术要点的前提下，手扶着支撑物，反复练习转体、收腿提膝、踢击回收动作，动作速度由快到慢。待动作熟练后，再配合步法完成整套动作。

伤害预防

踢击时尽量以脚跟为着力点，避免着力点集中在前脚掌，以防止脚部关节受伤。

图 3-3-3

下劈

 动作方法　见图 3-3-4

（1）实战姿势开始，右脚蹬地，重心前移至左脚；

（2）右腿以髋关节为轴屈膝上提，两手握拳置于胸前；

（3）随即充分送髋，上提膝关节至胸部，右小腿以膝关节为轴向上伸直，将右腿直举于体前，右脚过头；

（4）放松向下以右脚后跟（或脚

掌)为力点劈击，一直到前面，呈实战姿势。

✿ 技术要点

（1）右腿上摆时大腿应放松，踝关节应踢过头顶；

（2）动作要迅速有力，支撑脚脚跟要离地，同时髋关节上送；

（3）向下劈时踝关节应放松；

（4）向下落时要有控制力。

✿ 错误纠正

起腿高度不够，支撑脚脚跟没有离地，髋关节没有上送；下劈时膝关节和踝关节过于紧张，造成动作僵硬；下劈、下落时没有控制重心，落地太重。因此，应在掌握动作原理后，面对镜子或在同伴的帮助下，反复练习纠正错误。

✿ 伤害预防

提高腿部柔韧性，下劈时大小腿之间要略有一定的弯曲度，否则下劈力量会集中于膝关节，容易造成膝关节的损害。

图 3-3-4

▼ 勾踢

✿ 动作方法 见图 3-3-5

（1）实战姿势站立，右脚蹬地，身体重心前移至左脚，以左脚支撑，右脚屈膝提起，左脚以前脚掌为轴，脚跟向内旋转约180度；

（2）右腿膝关节向左内扣，右小腿由内向外伸出，伸直后以脚掌为发力点，向右侧用力摆踢，身体随之侧倾保持平衡；

（3）动作完成后右腿放松回收，呈实战姿势站立。

✿ 技术要点

（1）勾踢时，身体要适当放松，起腿后右腿屈膝抬过腰部，然后内扣；

（2）要充分发挥腰腿力量，小腿后勾要快；

（3）摆踢后顺势放松。

✿ 错误纠正

身体过于后仰；身体紧张，勾踢时小腿没有内扣，动作僵直；踢腿后身体因用力过猛失去控制。因此，应在理解和掌握动作方法的情况下，手扶同伴或固定物练习分解动作，或面向镜子纠正错误动作。

伤害预防

因为此动作要利用腰带动髋部，髋带动大腿和小腿进行击打，所以在练习此动作前应充分做好腰部的预热与拉伸，否则腰部会受到损伤。

图 3-3-5

 推踢

动作方法 见图 3-3-6

（1）实战姿势站立，右脚蹬地，身体重心移至左脚，随即右脚大小腿夹紧，屈膝提起，左脚以前脚掌为轴，外旋约 90 度，上体略后仰；

（2）右腿以膝关节为轴向前迅速蹬出，力达脚掌；

（3）动作完成后右腿放松回收，呈实战姿势站立。

技术要点

（1）提膝时，大小腿应夹紧，推

踢时，腿法运行的路线应是水平向前的；

（2）推踢时髋关节应向前送，利用身体重心的前移来加强腿法的力量。

✿ 错误纠正

踢腿动作过于僵硬；提膝时没有接近上体，造成发力不足，力量过小；击打腿的运行路线不是水平的，上体后仰过大，不易保持平衡；也不易衔接其他腿法。因此，应做提膝与推踢的分解练习，动作熟练后再进行完整练习。

✿ 伤害预防

踢击时尽量以脚跟为着力点，练习时要充分做好腿部肌肉的柔韧性练习，以防止腿部肌肉拉伤。

图 3-3-6

后踢

动作方法 见图 3-3-7

（1）实战姿势站立，右脚蹬地，身体重心移至左腿，右脚以前脚掌为轴，脚跟向内旋转；

（2）左脚以前脚掌为轴，脚跟向外旋转 180 度，使脚跟正对对方，呈背向对方姿势；

（3）右脚蹬地提起，左腿支撑，右腿大小腿折叠，髋关节收紧，脚尖勾起，右肩下压以保持平衡；

（4）迅速向后展髋伸膝沿直线向后蹬踢，上体略侧倾，力达脚跟；

（5）动作完成后，上体右转，右脚向前落步，呈右实战姿势站立。

技术要点

（1）后踢时上体应与踢击腿在同一平面内，要控制肩部下压；

（2）提腿时大小腿应充分折叠；

（3）转身、踢腿、出击三个动作要连贯有力。

※ 错误纠正

踢击腿路线不直，容易失去平衡；击打时肩和上体随之转动，造成动作过大而容易被对方反击；踢击时没有压肩，容易失去平衡或身体过于外翻。因此，应两人一组，由同伴双手扶肩或单独手扶支撑物，由慢到快进行练习，踢击时，踢击腿同侧的手做向下冲拳动作，使肩部下压。

※ 伤害预防

练习前应该加强腰部力量的练习，并且注意腰部和肩部的热身，以防止拉伤。

图 3-3-7

▼ 反抡踢

※ 动作方法　见图 3-3-8

（1）实战姿势开始，左腿在前，以前脚掌为轴向内旋约 180 度，身体向右转约 90 度；

（2）两拳置于胸前和腋下，上体右转与双腿拧呈一定角度；

（3）右脚蹬地，将蹬地的力量与上体拧转的力量合在一起，右腿向后上，以髋关节为轴提腿至腰，右腿继续向右后，旋摆击出；

（4）同时上体向右转，带动右腿弧形踢至身体右侧，右腿屈膝收下，右脚落至右后呈实战姿势。

技术要点

转身、旋转、踢腿连贯进行，一气呵成，中间没有停顿；击打点应在正前方，呈水平弧线；提膝踢腿及旋转的速度要快；重心在原地与略前处旋转 360 度。

错误纠正

转身、踢腿中有停顿，二次发力；起腿太早，最高最远点，不在正前方；身体重心过于向前倾，动作在失控的情况下完成，质量欠佳。因此，初学者应由同伴帮助或手扶支撑物，进行分解练习，练习的重点是转体与摆腿，重点强调摆腿的发力点，当腿摆到正前方时，应是水平的弧线而且力量最大，等动作熟练掌握后再进行完整练习。

伤害预防

练习前应该加强腰部力量和柔韧性的练习，并充分做好准备活动。另外注意保持身体平衡防止摔倒。

图 3-3-8

腿法进攻

在实战或比赛中，双方都是在不断运动，不会一直停留在原地等对方攻击，所以这时后腿进攻的技术往往就受到了一定的限制，而前腿进攻不但可以延长打击距离，也可以加快打击速度，配合步法可以进行抢点攻击。

前腿抡踢

 动作方法 见图3-3-9

（1）实战姿势站立，右腿向前垫步；

（2）左腿屈膝上提，使大腿接近水平，膝关节夹紧，动作不停，以右脚前脚掌为轴，脚跟内旋，上体略向右侧转体，由转体带动大腿至小腿，横向由外向上、向前、向内呈弧线形摆踢，力达脚背；

（3）击打的瞬间，腰部、大腿、小腿要呈一条直线；

（4）动作完成后按原路收回，呈实战姿势站立。

技术要点

动作衔接要快，抡踢时要迅速伸膝发力，借助转腰的力量加大打击力度，上体不要倾斜过大，踢击的瞬间同侧手应置于大腿外侧，另一侧手置于下颌防守。

错误纠正

打击力点不准；踢击的时候含胸屈膝，腰、大腿、小腿没有在一条直线上。因此，踢击时应注意膝关节的放松，加强髋部的柔韧性，手扶支撑物对着镜子做分解动作。

伤害预防

同"抡踢"。

前腿侧踢

动作方法 见图 3-3-10

（1）实战姿势站立，右腿向前垫步，身体重心后移，左腿屈膝提起，与腰同高，大腿贴近胸部，小腿收紧，脚尖自然勾起，双手握拳，身体向右侧后仰；

（2）大腿猛力伸直，带动脚掌向前沿直线踢击，发力的同时展髋，支撑腿脚尖指向侧后方，右手置于胸前防守；

（3）动作完成后按原路线收回，呈实战姿势站立。

技术要点

配合垫步练习时，垫步要与侧踢衔接顺畅，提膝与侧踢腿动作要协调一致。

图 3-3-9

踢击腿不能呈一条直线，力点不准，击打距离短。因此，应手扶着同伴或支撑物进行分解练习，体会动作方法，踢腿完成时，大腿与胸部应保持一条直线，发力过程中，应避免以膝关节为轴弹踢。

❀ 伤害预防

同"侧踢"。

图 3-3-10

▼ 前腿下劈

❀ 动作方法 见图 3-3-11

（1）实战姿势站立，右腿向前垫步，左腿提起，左侧髋关节上送；

（2）右脚跟抬起，左腿快速踢过头顶，然后迅速向下方劈落，力达脚跟或前脚掌；

（3）动作完成后迅速呈实战姿势站立。

❀ 技术要点

步法与劈腿配合要快。

❀ 错误纠正

脚跟不离地，没有送髋举腿的动作；下劈过于用力，掌握不好平衡；身体过分后仰。因此，应面对镜子进行慢动作练习。

同"下劈"。

图 3-3-11

腾空腿法技术

腾空腿法技术包括前腿双飞踢、后腿双飞踢和旋风踢等，属于跆拳道里经典的腿法，练习者应循序渐进，从分解动作学起，逐渐掌握动作方法。

前腿双飞踢

动作方法 见图 3-3-12

（1）实战姿势站立，右脚向前垫步，左腿向前做抡踢动作，在左腿即将完成之际，右腿向前起跳做抡踢动作；

（2）动作完成后，两腿放松，呈实战姿势站立。

技术要点

（1）左腿抡踢目标的同时，右脚蹬地跳；

（2）两腿在空中交换，左脚先落地；

（3）右脚起跳后迅速随身体右转抢踢目标；

（4）用腰部力量带动双腿。

✿ 错误纠正

左抢踢和右脚起跳时机不准；右抢踢和左抢踢之间间隔过长。因此，应该先利用踢击沙袋练习右抢踢同时左脚起跳的动作，熟练后再起左腿抢踢；可利用原地右抢踢起跳左抢踢空击练习，提高出腿和起跳的速度。

✿ 伤害预防

双腿之间的抢踢转换需要腰部来带动，所以对腰部力量要求较大，练习过程中注意做一些增加腰腹部力量和灵活性的辅助练习。

图 3-3-12

后腿双飞踢

动作方法 见图 3-3-13

（1）实战姿势站立，身体重心移至左脚，同时，右腿向前做抡踢动作，在右腿动作即将完成时，左腿向前起跳做抡踢动作；

（2）动作完成后两腿放松，呈实战姿势站立。

技术要点

（1）双飞踢动作要连贯，一般情况下第一次踢击比第二次踢击力量要小，这样有利于双腿的转换；

（2）击打时髋关节应充分前送，膝关节和小腿要放松，上体要随之转动，小腿顺势向前弹踢击；

（3）完成双飞踢动作时身体应该是向前而不是向上；

（4）完成整套动作时，身体要放松，动作起动要快。

错误纠正

动作僵硬，没有送髋、大小腿僵直，动作衔接性差；起跳过高；动作分解。因此，应在练习中做分解动作，不要强调力量和速度，第一腿先不要完全踢出，主要找第二

进攻技术

腿的感觉，熟练后再做连续动作。

伤害预防

同"前腿双飞踢"。

图 3-3-13

旋风踢

动作方法 见图 3-3-14

（1）实战姿势站立，左脚向右脚右侧前方跨一步，左脚内扣落地，身体向右旋转180度；

（2）左脚落地的同时，右腿随身体继续右转向右后摆起，此时身体已转动360度，左脚蹬地起跳，顺势在空中用抡踢击打对方腹部或头部，右脚落地支撑。

技术要点

（1）上步转体动作要迅速果断，

左脚内扣落地时脚跟对敌；

（2）右脚随身体右转向后右侧摆起时不要太高，以能带动身体旋转起跳为宜；

（3）左脚蹬地起跳，身体腾空，但不过膝，目的是快速旋转出腿；

（4）左脚抡踢时，右腿向下落地，要快落站稳，即抡踢目标的同时右脚落地。

❋ 错误纠正

击打腿的大小腿折叠角度不够，击打力度小；上体向后倾过大，造成击打腿没有完全伸直，击打距离过短或重心不稳；动作不连贯。因此，两人在配合练习时，双方都应穿护具，先分解练习每部分动作，击打的力量要小，然后将动作完整成套练习，要求动作轻快，迅速果断，并适当加大打击力度；还可利用脚靶和沙袋练习，利用脚靶时，持脚靶一方的位置固定，练习者根据适当的距离站位，然后用连续动作击打脚靶；利用沙袋练习时，练习者站在适合的位置，然后按动作规格要求快速有力地完成动作，最后的踢击要发力，迅速。

图 3-3-14

伤害预防

同"前腿双飞踢"。

第四节
防守技术

　　在跆拳道技术体系中，防守技术是不可缺少的内容，从得分和不失分的角度来看，它与进攻技术同样重要。在比赛中，如得分多，而失分更多，则还是输；如果在得分的同时又能很好地防守对方的进攻并能抓住机会反击，获胜的把握就更大一些，因此在进行跆拳道技术训练时，要把防守技术作为一项重要内容来练习。跆拳道的主要防守方法有三种：一是利用闪躲、贴近等方法，通过脚步的移动，使对方的进攻落空；二是利用手臂的格挡阻截对方的进攻；三是以攻对攻，用进攻的方法阻止对方的进攻。

闪躲与贴近防守

　　闪躲和贴近防守是跆拳道实战和比赛中运用较多的防守技巧，不但可以减少对自身的伤害，还可以给自己创造反击、进攻的机会。

闪躲

闪躲就是当对方进攻时，己方通过脚步的移动，向左右两侧或向后闪躲，从而使对方的进攻落空。跆拳道里各种脚步的灵活运用是练习好闪躲防守的必要条件。

 贴近防守

贴近防守是当对方进攻时，快速上步与对方靠贴在一起，使对方由于距离过近而无法发挥进攻的威力的一种防守。如当乙方使用后腿下压技术进攻甲方时，甲向左侧或右侧移动身体，避开对方的下压进攻；再如当乙方前旋踢进攻时，甲方可快速后撤一步，或是立即上前一步贴近乙方，使其不能用规则允许的踝关节以下的部位击打得分。在比赛中，常常运用向后撤的方法用在双方运动员都没有开始进攻时，这时两人之间的距离相对较远，后撤较容易使对方的进攻落空，在后撤的同时可使用旋踢、后踢、反抡踢或下压反击对方；运用向两侧移动的方法主要是在化解掉对方进攻的同时，使自己能够在合适的位置上快速有效地击打对方而得分；运用贴近的方法主要是在双方距离较近，尤其是在第一次击打，一方想趁距离近，对方需要调整身体重心的时机，快速起腿进攻得分，而另一方则立即上步贴近对方。

 格挡防守

格挡防守主要是介绍修习太极品势时格挡的动作原理，在实战和比赛中不建议经常使用格挡防守，因为腿部踢击的力量较大，而手臂的力量相对较小，容易对自身造成一定的伤害。

上格挡

（1）实战姿势站立，左手握拳由下至上，用左前臂上架格挡，或是右手握拳，用前臂上架格挡；

（2）手臂上架的同时，肘部向内侧移动，做向上并向外横拨的动作。

技术要点

（1）抬臂要迅速，前臂弯曲上架，头部略后仰，不要与上架的手臂在一个垂直面上，以免对方下压力量太大，自己前臂不能有效格挡，面部被对方打中；

（2）如果单纯只是上架，对方就会借力保持身体重心并快速收腿以连接下一个动作，这样对自己非常不利，正确的方法是向上格挡时手臂要有一个向上并向外横拨的动作，使对方借不到力，不能快速调整好身体重心；

（3）快速向上格挡的同时就准备实施反击，要在对方调整好重心或连接下一个动作之前进行反击。

图 3-4-1

基本技术

错误纠正

向上格挡的同时没有向外横拨，只是单纯上架，没有立即反击；上架时手臂和头部在一个垂直面上，一旦对方下压力量太大，自己的面部也被对方击中。因此，上格挡防守的手臂应该在面部的前上方。

中格挡

内中格挡

动作方法 见图 3-4-2

（1）品势预备姿势站立，右手向右侧上提至头部；

（2）以腰带臂将右手由右向左格挡，左手收于腰间；

（3）左右动作相同，方向相反。

技术要点

力达前臂外侧。

错误纠正

动作过于僵硬，动作没有力度，动作幅度过小或过大。因此，在格挡时右拳高度在鼻中和下颌之间，肘关节角度在 90～110 度。

图 3-4-2

外中格挡

 动作方法 见图 3-4-3

（1）品势预备姿势站立，左脚向前迈进一步呈左弓步，双手上提至腹前，右手在上，左手在下；

（2）以腰带臂使左手前臂外旋向外格挡，右手收于腰间；

（3）左右动作方法相同，方向相反。

技术要点

力达前臂内侧。

错误纠正

动作过于僵硬，动作幅度过小或过大。因此，在格挡时右拳高度在鼻中和下颌之间，肘关节角度在 90～110 度。

 斜下格挡

利用手臂或手刀自上向下的格挡动作称为斜下格挡。

动作方法 见图 3-4-4

（1）实战姿势站立，左手握拳由上至下，用左前臂向左斜下方格挡，或是右手握拳，用右前臂向右斜下方格挡；

（2）用左前臂格挡，则有利于后腿（右腿）的进攻，进攻动作有旋踢击腹或击头、下压等；若运动员用右前臂格挡，则有利于前腿（左腿）的进攻，进攻动作有前旋踢、旋踢、

图 3-4-3

侧踢、下压等。

图 3-4-4

 技术要点

（1）斜下格挡时，要有力，短促，格挡幅度要小，格挡后手臂不要再有一个向外撩的动作；

（2）前臂格挡的同时，要有一个向格挡的反方向移动的动作，与对方踢过来的腿有一定的距离（否则如果对方腿击打的力量较大，很容易连同手臂、护具一起被击打）；

（3）斜下格挡同时，也是自己迅速做出反击动作的最好时机之一；

（4）格挡对方的部位是其腿的胫骨以下的部位；

（5）斜下格挡的同时，要防止对方借力使用高前旋踢击头动作。

错误纠正

前臂格挡的同时，身体没有向格挡的反方向移动，造成在对方腿击打的力量较大时，连同手臂、护具一起被击打。因此，斜下格挡同时，应该迅速做出反击动作，不要错过得分的时机。

 斜上格挡

动作方法　见图3-4-5

（1）实战姿势站立，左手握拳由下至上，用左前臂向左斜上方格挡；

（2）右手握拳，用右前臂向右斜上方格挡。

技术要点

（1）斜上格挡同时，也是自己迅速做出反击动作的较好时机；

（2）格挡对方的部位是其腿的胫骨以下部位；

（3）斜上格挡的同时，要防止对方借力使用侧踢阻击动作。

错误纠正

前臂格挡的同时，身体没有向格挡的反方向移动，造成在对方用

图 3-4-5

腿击打的力量较大时，连同手臂、头部一起被击中。因此，斜上格挡同时，应该迅速做出反击动作，不要错过得分时机。

十字格挡

高十字格挡

 动作方法 见图 3-4-6

（1）品势预备姿势站立，左脚向前迈进一步呈左弓步；

（2）双手握拳上举至颈部时，双手交叉呈十字，腕关节用力举过头顶向上格挡。

技术要点

力达双手前臂外侧。

错误纠正

图 3-4-6

上举高度不够。因此，应由慢到快逐渐体会动作方法，也可让同伴做攻击动作，来增强防守意识。

低十字格挡

动作方法 见图 3-4-7

品势预备姿势站立，左脚向前上步呈弓步，双手握拳交叉呈十字用力向下格挡。

技术要点

力达双手前臂外侧。

错误纠正

双臂置于腹前距离过大。因此，双臂置于腹前的距离应该在 20～30 厘米。

图 3-4-7

手刀格挡

动作方法 见图 3-4-8

预备势站立，左脚上步呈三七步，双手由拳变手刀上举至右侧上方，上臂与肩平。

技术要点

力达双手前臂外侧。

错误纠正

手与手臂夹角不对。因此，应保持夹角在 110～130 度之间。

图 3-4-8

第四章　跆拳道太极品势修炼

　　跆拳道的品势是指练习者以技击为主要内容，通过攻守进退的动作编排，达到强身健体、培养意志的一种练习形式。它与中国武术中所说的套路相似，将一定数量的动作编排起来，形成固定模式的套路。

第一节

太极一章

代表太极八卦中的"乾"，因为"乾"是宇宙万物的根源，日出光气舒展之形态。天始而地成，动作由预备势开始到收势时应回到起点，预示着生命生生不息，事物周而复始。

太极一章演练方向图

站于 A 方向位置，面向 E 方向，两脚与肩同宽，自然站立，两手握拳屈臂于腹前，拳心向内，眼睛平视前方。

动作方法

（1）左转身体，左脚向 B 方向（简称 B，以下同）呈左前探步（前行步），左臂下格防（防左下段），右拳回收腰侧；

（2）右脚向 B 迈进一步呈右前探步，右拳前冲拳（攻击中段），左拳回收腰侧；

（3）身体右转 180 度，右脚向 H 迈进一步呈右前探步，右臂下格防（防右下段）；

（4）左脚向 H 迈进一步呈左前探步，左拳前冲拳（攻击中段）；

（5）身体左转 90 度，左脚向 E 迈进呈左弓步，左拳屈肘下格防（防左下段），右拳回收腰侧；

（6）两脚不动，右拳前冲拳（攻中段），左拳回收腰侧；

（7）左脚不动，右脚向 G 移步呈右前探步，身体右转，左臂外格（防左中段），拳心向上，右拳回收腰侧；

（8）左脚向 G 迈进一步呈左前探步，右拳前冲拳（攻中段），左拳回收腰侧；

（9）身体向 C 转 180 度，左脚向 C 迈进一步呈左探步，右臂屈肘向外格挡（防中段）；

（10）右脚向 C 迈进呈右探步，左拳前冲拳（攻中段），右拳回收腰侧；

（11）以左脚为轴，身体右转，右脚向 E 移步呈右弓步，右臂屈肘上抬至左肩，然后向下格防（防右下段），左拳回收腰侧；

（12）两脚不动，左拳前冲拳（攻中段），右拳回收腰侧；

（13）身体左转，左脚向 D 移步呈左前探步，左臂屈肘上架（防左上段），置于额前，拳心朝外；

（14）上提重心，左脚跟略提，右脚前踢，两臂下截，置于体侧，右腿下落呈右前探步，右拳前冲拳（攻中段），左拳回收腰侧；

（15）以左脚为轴，身体右后转，右脚向 F 移步呈右前探步，右臂屈肘上架（防右上段），置于额前，拳心朝外；

（16）上提重心，右脚跟略提，左脚前踢，两臂下截，置于体侧，左腿下落呈左前探步，左拳前冲拳（攻中段），右拳回收腰侧；

（17）以右脚为轴，身体右转，左脚向 A 移步呈左弓步，左臂屈肘上抬至右肩，然后向下格防（防左下段），右拳回收腰侧；

（18）右脚向 A 迈进一步呈右弓步，右拳前冲拳（攻中段）并喊"呀"，左拳回收腰侧。

技术要点

前踢接冲拳时，关键是掌握好身体重心，前踢要高，前送髋，初学者最难的就是向前送髋，落腿就冲拳，中间不停顿。

以右脚为轴，身体向左后转，左脚向后撤与右脚平行，两手握拳屈臂于腹前呈准备姿势。

第二节

太极二章

代表太极八卦中的"兑"："兑"的含义为内刚外柔，因此，表现时应注意外在柔的表现和内在强烈的攻击力度。本章整体节奏舒缓而内含力度，在练习时应该体现出刚柔并济、快慢有度的精神内涵。

太极二章演练方向图

站于 A 方向位置，面向 E 方向，两脚与肩同宽，自然站立，两手握拳屈臂于腹前，拳心向内，眼睛平视前方。

动作方法

（1）左转身体向 B 呈左前探步，左臂下格防（防左下段），右拳回收腰侧；

（2）右脚向 B 迈进呈右弓步，右拳前冲拳（攻中段），左拳回收腰侧；

（3）以左脚为轴，身体右后转，同时右脚向 H 移步呈右前探步，右臂屈肘上抬至左肩，然后向下格防（防右下段），左拳回收腰侧；

（4）左脚向 H 迈进呈左弓步，同时左拳前冲拳（攻中段），右拳回收腰侧；

（5）以右脚为轴，身体左转，同时左脚向 E 移步呈左前探步，右臂屈肘向里格挡（防中段），左拳回收腰侧；

（6）右脚向 E 迈进一步呈右前探步，同时左臂屈肘向里格挡（防中段），右拳回收腰侧；

（7）身体左转，左脚向 C 移步呈左前探步，左臂向下格防；

（8）上提重心，左脚跟略提，右脚前踢，两臂下截，置于体侧，右腿下落呈右弓步，同时右拳前冲拳（攻上段），左拳回收腰侧；

（9）以左脚为轴，身体右后转，右脚向 G 移步呈右前探步，右臂向下格防（防右下段），左拳回收腰侧；

（10）左脚前踢，两臂下截，置于体侧，左腿下落呈左弓步，左拳前冲拳（攻上段），右拳回收腰侧；

（11）以右脚为轴，身体左转 90 度，左脚向 E 移步左前探步，左臂屈肘上架（防左上段），左拳置于额前，拳心朝外，右拳回收腰侧；

（12）右脚向 E 迈进一步呈右前探步，同时右臂屈肘上架（防右上段），右拳置于额前，拳心朝外，左拳回收腰侧；

（13）以右脚为轴，身体左后转，左脚向 F 移步呈左前探步，右臂屈肘向里格挡（防中段）；

（14）以左脚为轴，身体右后转，右脚向 D 移步呈右前探步，左臂屈肘向里格挡（防中段）；

（15）身体左转，左脚向 A 移步呈左前探步，左臂向下截拳；

（16）右脚前踢，两臂下截，置于体侧，右腿下落呈右前探步，右拳前冲拳（攻中段），左拳回收腰侧；

（17）左脚前踢，两臂下截，置于体侧，左腿下落呈左前探步，左拳前冲拳（攻中段），右拳回收腰侧；

（18）右脚前踢，两臂下截，置于体侧，右腿下落呈右前探步，右拳前冲拳（攻中段）并喊"呀"，左拳回收腰侧。

左右上架防上段时，上架要到位，重心掌握好。

收势

以右脚为轴，身体左后转，左脚向后撤与右脚平行，两手握拳屈臂于腹前呈准备姿势。

第三节

太极三章

代表太极八卦中的"离"。"离"指如火一般的明亮。太极三章演练取火的形态，通过手、脚、身体的交错运用，使初学者能够掌握攻击与防守的敏捷性与灵活性的特点，因此，表现时应注意动作的活跃性。

太极三章演练方向图

预备势

站于A方向位置，面向E方向、两脚与肩同宽，自然站立，两手握拳屈臂于腹前，拳心向内，眼睛平视前方。

具体动作

(1)左转身体向B呈左前探步，左臂下格防(防左下段)，右拳置于腰侧；

（2）上提重心，左脚跟略提，右脚前踢，两臂下截，置于体侧。右腿下落呈右弓步，同时右拳前冲拳（攻中段），然后左拳前冲拳（攻中段），右拳回收腰侧；

（3）以左脚为轴，两臂下截，置于体侧，身体右后转，同时右脚向 H 呈右前探步，右臂向下格防（防右下段），左拳回收腰侧；

（4）左脚前踢，两臂下截，置于体侧，左腿下落呈左弓步，同时左拳前冲拳（攻中段），然后右冲拳（攻中段），呈连续攻击；

（5）以右脚为轴，身体左转，同时左脚向 E 移步呈左前探步，右拳变手刀，由外向里横砍，攻击对方颈部，左拳回收腰侧；

（6）右脚向 E 进一步呈右前探步，左拳变手刀，由外向里横砍，攻击对方颈部，右拳回收腰侧；

（7）身体左转，左脚向 C 移步呈左三七步，左手刀向外横截，右拳回收腰侧；

（8）左脚向 C 迈呈左弓步，右拳前冲拳（攻中段），左手刀变拳回收腰侧；

（9）以左脚为轴，身体右后转向呈右三七步，同时右脚略后撤，右拳变手刀向外横截；

（10）右脚向 G 迈进半步呈右弓步，左拳前冲拳（攻中段），右手刀变拳回收腰侧；

（11）以右脚为轴，身体左转，左脚向 E 移步呈左前探步，右臂屈肘向内横格（防中段），左拳回收腰侧；

（12）右脚向 E 迈进一步呈右前探步，左臂屈肘向内横格（防中段），右拳回收腰侧；

（13）以右脚为轴，身体右后转，左脚向 F 移步呈左前探步，左拳下格防（防左下段），拳面朝下，右拳回收腰侧；

（14）右脚前踢，两臂下截，置于体侧，右腿下落呈右弓步，右拳前冲拳（攻中段），左拳回收腰侧，然后左拳前冲拳（攻中段），形成连续攻击；

（15）以左脚为轴，身体右转 180 度，右脚向 D 移步呈右前探步，右拳下格防（防右下段），左拳回收腰侧；

（16）左脚前踢，两臂下截，置于体侧，左腿下落呈左弓步，左拳前冲拳（攻中段），右拳前冲拳（攻中段）；

（17）以右脚为轴，身体左转，左脚向Ａ移步呈左前探步，左拳下格防（防左下段），右拳回收腰侧，两脚不动，右拳前冲拳（攻中段），左拳回收腰侧；

（18）右脚向Ａ迈进一步呈右前探步，右拳下格防（防右下段），左拳回收腰侧，再出左拳前冲拳（防中段），右拳回收腰侧；

（19）左脚前踢，两臂下截，置于体侧，左腿下落呈左前探步，左拳下格防（防左下段），右拳回收腰侧，再出右拳前冲拳（攻中段），左拳回收腰侧；

（20）右脚前踢，两臂下截，置于体侧。右腿下落呈右前探步，右拳下格防（防右下段），左拳回收腰侧。再出左拳前冲拳（攻中段），发声喊"呀"，右拳回收腰侧。

技术要点

前踢左右冲拳连续击打时，前踢要注意送髋，另外，左右冲拳重心不要太高，用腰带肩，击打要有力。

以右脚为轴，身体左后转，左脚向后撤与右脚平行，两手握拳屈臂于腹前呈准备姿势。

第四节
太极四章

代表太极八卦中的"震"。"震"的含义就是要时刻有着警备及虔诚的态度。因为套路中的动作难度比较大，所以表现时应注意重心稳定，动作准确。目的在于修炼内心处变不惊的境界。

太极四章演练方向图

站于 A 方向位置，面向 E 方向，两脚与肩同宽，自然站立，两手握拳屈臂于腹前，拳心向内，眼睛平视前方。

动作方法

（1）左转身体，左脚迈向 B 呈右三七步，两拳变手刀，左手刀向左侧横截，手心向下，与肩齐（防左中段），右手刀置于胸前，手心向上；

（2）右脚向 B 迈进呈右弓步，左臂屈肘左手下按（防对方前踢），右手刀呈贯手向前插击，指尖朝前；

（3）以左脚为轴，身体右后转，同时右脚向 H 移步呈左三七步，右手刀向外横截，手心向下，高与肩齐，左手刀置于胸前，手心向上；

（4）左脚向 H 迈进呈左弓步，右臂屈肘右手下按（防对方前踢），左手刀呈贯手向前插击，指尖朝前；

（5）以右脚为轴，身体左转，同时左脚向 E 移步呈左弓步，左臂屈肘上架，置于额前，右手刀向内横砍，手心向上（攻击对方颈部）；

（6）右脚前踢，两臂下截，置于体侧，右腿下落呈右弓步，左拳呈前冲拳（攻中段），右拳回收腰侧；

（7）以右脚为轴，身体右转并侧倾，同时左腿向 E 侧踢，两臂置于体侧；

（8）左脚落下，以左脚为轴，身体左转并侧倾，同时右腿向 E 侧踢，右脚落下呈左三七步，两拳变手刀，右手刀向外横截（防中段），高与肩齐，左手刀置于胸前，手心向上；

（9）以右脚为轴，身体左后转，同时左脚向 F 移步呈右三七步，左手刀变拳向外横截（防中段），拳心向下，右手刀变拳回收腰侧；

（10）右脚前踢，然后回落呈右三七步，右臂屈肘向内横格（防中段），左手刀变拳回收腰侧；

（11）身体右后转，同时右脚外转移向 D 呈三七步，重心落在左脚，右臂屈肘向外横截（防右中段）；

（12）左脚前踢，左脚回落呈左三七步，左臂屈肘向内横格（防中段），拳心向上，右拳回收腰侧；

（13）以右脚为轴，身体左转，左脚向 A 移步呈左弓步，两拳变手刀，左手架于额前，右手刀向内横砍，手心向上（攻击对方颈部）；

（14）右脚前踢，两手刀变拳，置于体侧，右脚下落呈右弓步，右臂屈肘向内横格（攻上段），拳心向上，左拳回收腰侧；

（15）以右脚为轴，身体左转，左脚向 G 移步呈左前探步，左拳向里横格（防中段），右拳回收腰侧；

（16）两脚不动，右拳前冲拳（攻中段），左拳回收腰侧；

（17）身体右后转，面向 B 方向呈右前探步，右臂屈肘外格防（防中段），拳心向上；

（18）两脚不动，左拳前冲拳（攻中段），右拳回收腰侧；

（19）以右脚为轴，身体左转，左脚向 A 移步呈左弓步，左臂屈肘向内横格（防中段），拳心向上，两脚不动，右拳前冲拳（攻中段），左拳回收腰侧，然后左前冲拳（攻中段），右拳回收腰侧；

（20）右脚向 A 移步呈右弓步，右臂屈肘向内横格（防中段），拳心向上，左拳回收腰侧，两脚不动，左拳前冲拳（攻中段），右拳回收腰侧， 然后右拳前冲拳（攻中段），发声喊"呀"，左拳回收腰侧。

 技术要点

要送髋、伸大腿带动小腿，初学者有时只伸小腿，并且小腿无力。高度越高，越要掌握好重心。

收势

以右脚为轴，身体左后转，左脚向后撤与右脚平行，两手握拳屈臂于腹前呈准备姿势。

第五节

太极五章

代表太极八卦中的"巽"。"巽"的含义为风，因此表现时要注意如风一般愈演愈烈的精神。由动作刚开始时的单调沉静至渐渐强烈。本章前半部分动作节奏舒缓，后半部分节奏明快有力。

太极五章演练方向图

预备势

站于 A 方向位置，面向 E 方向，两脚与肩同宽，自然站立，两手握拳屈臂于腹前，拳心向内，眼睛平视前方。

具体动作

动作方法

（1）左转身体，左脚迈向 B 呈左弓步，左拳下格（防左下段），右拳回收腰侧；

（2）右转身体向 E，同时左脚回撤与右脚平行呈左前探步，目视 B 方向，左臂由内向外呈圆弧动，与肩同高，拳眼向上；

（3）身体右转，同时右脚向 H 移步呈右弓步，右拳下格（防右下段），左拳回收腰侧；

（4）左转身体向 E，同时右脚回撤与左脚平行呈右前探步，右拳由内向外呈圆弧动，与肩同高，拳眼向上；

（5）右脚不动，左脚向 E 移步呈左弓步，左拳由外向内横格（防中段），拳心向上，右拳回收腰侧，右拳由外向内横格（防中段），拳心向上，左拳回收腰侧；

（6）右脚前踢，两臂置于体侧，右腿下落呈右弓步，右拳由外向内横格（防中段），拳心向上，左拳回收腰侧，然后左拳由外向内横格（防中段），拳心向上，右拳回收腰侧；

（7）左脚前踢，两臂置于体侧，左腿下落呈左弓步，左拳由外向内横格（防中段），拳心向上，右拳回收腰侧，然后右拳由外向内横格（防中段），拳心向上，左拳回收腰侧；

（8）右脚向 E 移步呈右弓步，右拳由下向上（上勾拳）发力（攻上段），左拳回收腰侧；

（9）以右脚为轴，身体右后转，同时左脚向 F 移步呈右三七步，左拳变手刀向外横截（防中段），右拳回收腰侧；

（10）右脚向 F 移步呈右弓步，右臂屈肘用肘尖由外向内横击，左手顶于右拳面；

（11）以左脚为轴，身体右后转，右脚向 D 移步呈右三七步，右拳变手刀向外横截（防中段），左拳回收腰侧；

（12）左脚向 D 移步呈左弓步，左臂屈肘用肘尖由外向内横击，右手顶于左拳面；

（13）以右脚为轴，身体左转，左脚向Ａ移步呈左弓步，左拳下格，右拳回收腰侧，再用右拳由外向内横格，拳心向上，左拳回收腰侧；

（14）右脚前踢，两拳置于体侧，右脚下落呈右弓步，右拳下格，左拳回收腰侧，再用左拳由外向内横格，拳心向上，右拳回收腰侧；

（15）以右脚为轴，身体左转，左脚向Ｈ移步呈左弓步，左臂屈肘置于额前（防上段）；

（16）身体左转右腿侧踢，右脚下落呈右弓步，左臂屈肘用肘尖中位横击，右手顶于左拳面；

（17）以左脚为轴，身体右后转，右脚向Ｂ移步呈右弓步，右臂屈肘上架，置于额前（防上段），右拳回收腰侧；

（18）身体右转，左腿侧踢，左脚下落呈左弓步，右臂屈肘用肘尖中位横击，左手顶于右拳面；

（19）以右脚为轴，身体左转，左脚向Ａ移步呈左弓步，左拳下格，右拳回收腰侧，再用右拳由外向内横格（防中段），拳心向上，左拳回收腰侧；

（20）右脚前踢，两拳置于体侧，右脚下落，左脚向右脚后侧上步，脚尖落地，呈交叉步，右拳由下向上（上勾拳）发力（攻上段），左拳回收腰侧。

技术要点

双手刀下格时截击要有力，掌握好身体重心。

收势

以右脚为轴，身体左后转，左脚向后撤步与右脚平行，两手握拳屈臂于腹前呈准备姿势。

第六节
太极六章

代表太极八卦中的"坎"。"坎"的含义是像水一般的柔软，连绵不断，柔和自然，突出万物生长以水为育的真理。

太极六章演练方向图

预备势 ◆◆◆◆◆◆◆◆◆◆

站于 A 方向位置，面向 E 方向，两脚与肩同宽，自然站立，两手握拳屈臂于腹前，拳心向内，眼睛平视前方。

具体动作 ◆◆◆◆◆◆◆◆◆◆

动作方法

（1）左转身体，左脚迈向 B 呈左弓步，左拳下格（防下段），右拳回收腰侧；

（2）右脚前踢，两拳置于体侧，右脚向后落步，左脚略后撤呈右三七步，左拳由外向内横格（防中段），拳心向上，右拳回收腰侧；

（3）以左脚为轴，身体右转，右脚向 H 移步呈右弓步，右拳下格（防右下段），左拳回收腰侧；

（4）左脚前踢，两拳置于体侧，左脚向后落步，右脚略后撤呈左三七步，右拳由外向内横格（防中段），拳心向上，左拳回收腰侧；

（5）左转身体，左脚迈向 E 呈左弓步，右拳变手刀向外横截（攻上段），掌心向下，左拳回收腰侧；

（6）右脚抡踢，两臂置于体侧；

（7）右脚抡踢后下落至左脚后侧，左脚迈向 C 呈左弓步，左臂屈肘外截（防中段），拳心向下，右拳回收腰侧，两脚不动，右拳前冲拳（攻中段），左拳回收腰侧；

（8）右脚前踢，两拳置于体侧，右脚向前落步呈右弓步，左拳前冲拳（攻中段），右拳回收腰侧；

（9）以左脚为轴，身体右后转，同时右脚向 G 移步右弓步，右拳外截（防中段），拳心向下，左拳回收腰侧，再用左拳前冲拳（攻中段），右拳回收腰侧；

（10）左脚前踢，两拳置于体侧，左脚向前落步呈左弓步，右拳前冲拳（攻中段），左拳回收腰侧；

（11）以右脚为轴，身体左转向 E，右脚向右移步呈平行步，两臂由下向上交叉架于额前，右臂在内呈十字形（防上段），然后两拳由上向下截拳，置于体侧；

（12）左脚不动，右脚向 E 移步呈右弓步，左拳变手刀向外横截（攻上段），掌心向下，右拳回收腰侧；

（13）左脚抡踢，两臂置于体侧；

（14）左脚抡踢后下落至右脚侧，右转身体，右脚迈向 D 呈右弓步，右拳下格（防下段），左拳回收腰侧；

（15）左脚前踢，两拳置于体侧，左脚向后落步呈左三七步，右拳外格（防中段），拳心向下，左拳回收腰侧；

（16）以右脚为轴，身体左转，同时左脚向 F 移步呈左弓步，左拳下格（防下段），右拳回收腰侧；

（17）右脚前踢，两拳置于体侧，右脚向后落步呈右后弓步，左拳向外横截（防中段），右拳回收腰侧；

（18）以左脚为轴，身体左转，右脚向 A 移步（面向 E）呈右三七步，左拳变手刀向外横格（攻中段），右拳变手刀置于胸前，掌心向上；

（19）左脚向 A 退步呈左三七步，右拳变手刀向外横格（攻中段），左拳变手刀置于胸前，掌心向上；

（20）右脚向 A 退步呈左弓步，左手刀旋臂下按于腹前，掌心向下，右手刀变拳回收腰侧；

（21）两脚不动，右拳前冲拳（攻中段），左手刀变拳回收腰侧；

（22）左脚向 A 退步呈右弓步，右拳变手刀旋臂下按于腹前，掌心向下，左拳回收腰侧；

（23）两脚不动，左拳前冲拳（攻中段），并喊"呀"，右拳回收腰侧。

技术要点

抡踢进攻时腿要走直线，并体现出一定的击打距离，前踢时腿部要迅速有力。

右脚向后撤步与左脚平行，两手握拳屈臂于腹前呈准备姿势。

第七节

太极七章

代表太极八卦中的"艮"。"艮"的含义是山，坚强、刚毅。套路的表现应包含山一般厚重的力度，内心保持宁静稳定，并注意动作的节奏。

太极七章演练方向图

站于 A 方向位置，面向 E 方向，两脚与肩同宽，自然站立，两手握拳屈臂于腹前，拳心向内，眼睛平视前方。

具体动作

动作方法

（1）左转身体向 B 呈左虚步（重心在右腿，左脚尖着地），右手变掌置于腹前（防中段）；

（2）右脚前踢，右脚向后落步呈左虚步，左臂外格防（防中段），右拳回收腰侧；

（3）以左脚为轴，身体右转向 H 呈右虚步，左拳变掌置于腹前（防中段）；

（4）左脚前踢，左脚向后落步呈右虚步，右臂外格防（防中段），左拳回收腰侧；

（5）左转身体，左脚迈向 E 呈右三七步，两拳变手刀，左手刀向下格防（防中段），掌心向下，右手刀屈肘置于胸前，掌心向上；

（6）右脚向 E 移步呈右三七步，右手刀向下格防（防下段），掌心向下，左手刀屈肘置于胸前，掌心向上；

（7）以右脚为轴，左脚向 C 迈进呈左虚步，立右掌置于腹前（防中段），左掌置于右臂下，掌心向下；

（8）两脚不动，右掌变拳向上勾拳；

（9）以左脚为轴，身体右后转，面向 G 呈右虚步，左拳变掌置于腹前（防中段），右拳变掌置于左臂下，掌心向下；

（10）两脚不动，左掌变拳向上勾拳（攻上段）；

（11）右脚不动，左脚向右脚并拢，身体直立向 E，右手握拳屈肘置于胸前，左拳变掌按于右拳面；

（12）左脚向 E 迈进呈左弓步，左掌变拳上格，拳心向内，右拳下格（防下段），两脚不动，右拳上格，拳心向内，左拳下格（防下段）；

（13）右脚向 E 迈进呈右弓步，右拳上格，拳心向内，左拳下截（防下段）两脚不动，左拳上格，拳心向内，右拳下格（防下段）；

（14）以右脚为轴，身体左后转，同时左脚向 F 移步呈左弓步，双拳由下向前上拳击对方（攻中段）；

(15)右腿屈膝向前上方顶击，两脚下压，拳心向下，右脚向前落步，左脚上步落于右脚后面，脚尖着地呈交叉步，双拳由下向前上拳击对方（攻中段），拳心向上；

(16)左脚向 D 退一步呈右弓步，双臂交叉呈十字形向下格防（防下段）；

(17)以左脚为轴，身体右后转，同时右脚向 D 移步呈右弓步，双拳由下向上拳击对方（攻中段）；

(18)左腿屈膝向前上方顶击，两拳下压，拳心向下，左脚向前落步，右脚上步落于左脚后面，脚尖着地呈交叉步，双拳向前拳击对方（攻中段），拳心向上；

(19)右脚向 F 退一步呈左弓步，双臂交叉呈十字形向下截拳（防下段）；

(20)以右脚为轴，身体左转，左脚向 A 移步呈左前探步，左拳前冲拳（拳眼向上），右拳回收腰侧；

(21)右脚旋踢，落右脚于 AE 线上呈马步，目视 G，右臂屈肘，向 A 横击，左手按于右前臂处；

(22)右脚不动，左脚略回撤呈右前探步，右拳前冲拳（拳眼向上），左拳回收腰侧；

(23)左脚旋踢，落左脚呈马步，目视 C，左臂屈肘向 A 横击，右手按于右前臂处；

(24)两脚不动，左拳变手刀向外横格（防中段），右拳回收腰侧；

(25)右脚向 A 迈进呈马步，右拳向右侧平冲拳（同时发声喊"呀"），左拳回收腰侧。

技术要点

双拳上勾要到位，速度要快；快速顶膝要用腰部力量来带动，全身配合发力，一定要突出顶膝的力感。

收势　◆◆◆◆◆◆

以右脚为轴，身体左后转，左脚向后撤步与右脚平行，两手握拳屈臂于腹前呈准备姿势。

第八节

太极八章

代表太极八卦中的"坤"。"坤"的含义是大地。大地是生成万物之源，学习者练习此形时应具有效法大地般厚德载物的精神。

太极八章演练方向图

 预备势　◆◆◆◆◆◆

站于 A 方向位置，面向 E 方向，两脚与肩同宽，自然站立，两手握拳屈臂于腹前，拳心向内，眼睛平视前方。

 具体动作　◆◆◆◆◆◆

✿ **动作方法**

（1）右转身体，左脚向 E 迈进呈右后弓步，左拳外格，右臂屈肘置于腹前，重心前移呈左弓步，右拳前冲拳，左拳回收腰侧；

（2）右脚上摆，身体腾空，左脚借势向上前踢，双腿落地呈左弓步，左臂外格（防中段），右拳回收腰侧，然后右拳前冲拳（攻中段），左拳回收腰侧，再以左拳前冲拳（攻中段），右拳回收腰侧；

（3）右脚向前迈进呈右弓步，出右拳前冲拳（攻中段）；

（4）以右脚为轴，身体左后转，左脚迈向 F 呈右弓步，左臂下格（防下段），右臂屈肘上格（防上段）；

（5）左转身体，面向 F 呈左弓步，收左拳于右肩前，出右拳向上勾拳（攻上段）；

（6）左脚向 D 移步和右脚呈交叉步，双臂向体侧格挡，拳心向上；右脚向 D 撤步呈左弓步，左臂屈肘上格（防上段），右臂下格（防下段）；

（7）右转身体，向 D 方向呈右弓步，右拳向上勾拳（攻上段），左拳收于右胸前；

（8）以左脚为轴，身体右后转，同时右脚向 A 退步呈右三七步，左拳变手刀向外横截，右拳变手刀置于胸前；

（9）右脚不动，左脚略向 E 进步呈左弓步，右手刀变拳向前平冲（攻中段），左手刀变拳回收腰侧；

（10）右脚前踢后落回原处，左脚向 A 退步呈右虚步，右拳立掌下格，左拳回收腰侧；

（11）右脚不动，左脚向 C 迈进呈左虚步，两拳变手刀，左手刀向外横截（防中段），右手刀置于胸前；

（12）左脚前踢，落下呈左弓步，右拳前平冲拳（攻中段），左拳回收腰侧；

（13）右脚不动，左脚略回撤呈左虚步，左拳变掌（防中段），右拳回收腰侧；

（14）以左脚为轴，身体右后转，面向 G 呈右虚步，右拳变手刀向外横截（防中段），左手刀置于胸前；

（15）右脚不动，左脚前踢落下后呈右弓步，左手刀变掌前平冲拳（攻中段），右拳回收腰侧；

（16）左脚不动，右脚略回撤呈右虚步，右拳变掌（防中段），左拳回收腰侧；

（17）左脚不动，身体右转，右脚移向 A 呈左三七步，右掌变拳下格（防下段），左拳回收腰侧；

（18）左脚前踢，左脚落下蹬地使身体腾空接右脚前踢，双脚落地后呈右弓步，右拳上勾拳（攻上段），左拳向前平冲拳（攻中段），右拳回收腰侧，然后右拳向前平冲拳（攻中段），左拳回收腰侧；

（19）以右脚为轴，身体左转，左脚向 B 移步呈右三七步，左拳变手刀向外横截（防中段）；

（20）左脚向 B 上步呈左弓步，右肘由外向内横击，左手刀变左拳回收腰侧；

（21）双脚不动，向前出右勾拳（攻上段），然后出左拳前平冲拳（攻中段），右拳回收腰侧；

（22）左脚不动，身体右转，右脚略回撤，面向 H 呈左后弓步，右拳变手刀向外横截（防中段），左拳回收腰侧；

（23）右脚向 H 上步呈右弓步，左肘由外向内横击，右手刀变拳回收腰侧；

（24）双脚不动，向前出左勾拳（攻上段），右拳回收腰侧，然后右拳向前平冲拳（攻中段），左拳回收腰侧。

技术要点

前踢时要向前送髋，落腿连接要快，连续冲拳时降低身体重心。

左脚向后撤步与右脚平行，两手握拳屈臂于腹前呈准备姿势。

第五章　比赛规则

　　制定各项运动的比赛规则，有助于比赛参与者了解运动规则的基本知识，以使自己在比赛过程中游刃有余地发挥技术水平。比赛观赏者也只有在了解基本规则的前提下，才能够充分体验观赏比赛的乐趣。

第一节
比赛方法

　　参赛队员要按照一定的方法进行比赛，并须遵循一定的规则，以使比赛有序进行。

 重量级别

　　重量级别按照成人部（大学、高中）、中学部、小学部的划分标准。

	成人部（高中、大学）男	成人部（高中、大学）女	中学部男	中学部女	小学部
特轻级	50 以下	43 以下	36 以下	36 以下	20～30
次最轻级	50～54	43～47	36～40	36～39	30～32
最轻量级	54～58	47～51	40～44	39～42	32～34
次轻量级	58～64	51～55	44～48	42～45	34～36
轻量级	64～70	55～60	48～52	45～48	36～38
中轻量级			52～56	48～52	38～40
重轻量级	70～76	60～65	56～60	52～56	40～43
次中量级			60～64	56～60	43～46
中量级	76～83	65～70	64～69	60～64	46～49
次重量级			69～74	64～68	49～52
重量级	83 以上	70 以上	74 以上	68 以上	52 以上

比赛种类和方式

比赛种类

个人赛

个人赛是按各个体重级别的个人之间进行的比赛。但是根据需要，可以把相近两个级别合并后进行个人间的比赛。

团体赛

团体赛有两种形式：

（1）团体之间的对抗赛，包括无限制的 5 人制、按体重级别的 8 人制、按体重级别的 4 人制；

（2）通过个人赛决定团体成绩。

比赛方式

比赛方式有淘汰赛和循环赛两种。

比赛时间

比赛分 3 个回合，每个回合 3 分钟，中间休息 1 分钟。 根据实际情况，比赛时间和回合可以调整。

比赛程序

个人赛程序

（1）当队员听到主裁判喊"立正敬礼"的口令时，面向监督官敬礼，要求自然立正，两手握拳放于体侧，腰前屈约 30 度，头部前屈约 45 度行礼；

（2）当队员听到主裁判喊"左右向"时，队员相对而站，喊"敬礼"时互相行礼；

（3）当主裁判喊"准备"、"开始"时，比赛开始；

（4）最后一个回合结束后，队员站在指定位置，主裁判喊"立正"、"敬礼"时，互相行礼，之后等待最后的判定；

（5）主裁判根据比赛判定的结果举起胜者的手，但是如果胜者因受伤不能回到比赛场地时，主裁要举起胜方一侧自己的手。

（6）队员退场。

团体赛程序

（1）双方队员，按照比赛名单顺序，面向监督官各站成一路纵队；

（2）每一组队员按照个人赛的程序进行比赛；

（3）双方队员要在比赛场外指定的位置等待比赛，按照顺序对战；

（4）比赛结束后，双方队员进入比赛场地，面对面站好；

（5）主裁判宣布比赛结果时，举起胜方一侧自己的手。

允许使用的技术和进攻的部位

允许使用的技术

（1）手。正确的握拳之后，用拳的正面攻击；

（2）脚。用踝关节以下的任何部位进行攻击都可以，但是不能用踝关节以上的部位进行攻击。

允许进攻的部位

（1）躯干部位指髋骨以上、锁骨以下被护具保护的部位，按照身材大小的不同，要严格选择佩戴不同型号的护具，并进行检查；

（2）头部以两耳为基准，头部的前面，只能用脚攻击。

第二节
裁判方法

在比赛过程中，裁判人员通过履行其职责，进行正确的裁判工作，来保证比赛的公平、公正。

裁判人员

裁判人员的组成为：

(1)5人制(使用一般护具时)。监督官1名，主裁2名，副裁4名；

(2)3人制(使用电子护具时)。监督官1名，主裁1名，副裁2名。

评分

得分部位

(1)躯干部。包括胸、腹、两肋部；

(2)头部。以两耳为基准，包括头部和颈部的前面部分。

得分要素

得分的三要素是：

(1)利用正确的进攻技术；

(2)打击正确的得分部位；

(3)打击的力量要强。

得分标准

(1)得分一次记"+1"一次;

(2)得分统计三回合中所得的分;

(3)得分无效:

①进攻者进攻后故意跌倒时;

②进攻者进攻后有犯规行为时;

③进攻者利用犯规行为进行攻击时。

 采分与标出

所得的分应即刻采分,并即刻标出,方法为:

(1)使用一般护具时用采分器或采分表,由副裁采分;

(2)使用电子护具时:

①躯干部位的得分,由电子护具内的感应器自动记分;

②头部的得分,由副裁的采分器或采分表记入。

犯规与处罚

警告事项

(1)抓住对方的行为;

(2)用手、臂、肩等推对方的行为;

(3)用手、肩夹、抱对方的行为;

(4)故意越出警戒线的行为;

(5)背向对方回避攻击的行为;

(6)故意倒地的行为;

(7)伪装疼痛的行为;

(8)用膝部攻击的行为;

(9)攻击阴部的行为;

(10)故意攻击下肢的行为;

(11)用手或拳攻击头部的行为；

(12)队员自己举手示意得分或扣分的行为；

(13)队员或教练员有失风度的行为。

扣分事项

(1)对方倒地后进行攻击的行为；

(2)主裁判喊"分开"后进行攻击的行为；

(3)故意攻击背部的行为；

(4)用手或拳故意攻击头部的行为；

(5)用头顶对方的行为；

(6)越出限制线的行为；

(7)抓住对方进攻的脚，将对方摔倒的行为；

(8)队员或教练员严重的有失风度的行为；

赛事

对于犯规行为由主裁判处罚，方法为：

(1)如属于双重犯规时，选择一项比较严重的处罚；

(2)警告两次扣一分，警告一次不计；

(3)扣分一次记"-1"分；

(4)累计扣分三次即"-3"分，直接判"犯规败"，警告和扣分的计算要统计三个回合。

优势的判定

(1)同分时，如果有扣分，得分次数多者占优势；

(2)有同分或不得分情况发生时，以比赛中掌握主动的情况为基准来判定优势。

比赛结果的判定

打倒胜(K、O 胜)

被对方正当的攻击打倒后，在 10 秒钟内不能恢复比赛，或主裁判判断被打倒者难以继续比赛，这时判对方胜。

主裁职权胜(RSC)

根据主裁判的判断或医生的诊断，一方运动员难以继续进行比赛，或者在计时 1 分钟以内不能恢复比赛者，或不服从主裁判决定时，主裁有权直接判对方队员胜。

判定胜

根据得分情况和占优势的情况判定胜负。

对方弃权而获胜(弃权胜)

一方队员因受伤或其他理由弃权时，以及回合间休息后开赛时不按时到场，或本方教练认为自己队员处在劣势无法继续比赛，向场内扔白手巾时，都按弃权处理，并判对方队员胜。

对方失去资格而获胜(失格胜)

一方队员丧失资格或称重不合格时，判另一方胜。

对方犯规而获胜(犯规胜)

对方队员有"-3"分时，或主裁判判"犯规败"时，另一方胜。